MARIA AMÁLIA CAMARGO

O AVENTAL DA TIA HILDEGARD

ILUSTRAÇÕES DE GUSTA VICENTINI

São Paulo
2024

Grupo Editorial
UNIVERSO DOS LIVROS

Diretor editorial
Luis Matos

Gerente editorial
Marcia Batista

Produção editorial
Letícia Nakamura
Raquel F. Abranches

Preparação
Nathalia Ferrarezi

Revisão
Paula Craveiro
Tássia Carvalho

Ilustrações e capa
Gusta Vicentini

Arte
Renato Klisman

Dados Internacionais de Catalogação na Publicação (CIP)
Angélica Ilacqua CRB-8/7057

C179a

Camargo, Maria Amália
O avental da tia Hildegard / Maria Amália Camargo
-- São Paulo : Universo dos Livros, 2024.
144 p. : il., color.

ISBN 978-65-5609-623-0

1. Literatura infantojuvenil brasileira
I. Título

23-1185 CDD 028.5

Universo dos Livros Editora Ltda.
Avenida Ordem e Progresso, 157 — 8º andar — Conj. 803
CEP 01141-030 — Barra Funda — São Paulo/SP
Telefone: (11) 3392-3336
www.universodoslivros.com.br
e-mail: editor@universodoslivros.com.br

SUMÁRIO

NOTA AO LEITOR

DEPOIS NÃO DIGA QUE NÃO AVISEI!

Crianças deveriam ser proibidas de ler qualquer historinha, em especial os detestáveis contos de fadas. Com o passar do tempo, a gente descobre que tudo aquilo não passa de enganação. Quem disse que bruxas são mulheres horrendas, cheias de verrugas e usam uma vassoura como meio de transporte?

A principal característica de uma bruxa, meus caros, é não despertar suspeitas sobre sua identidade. Elas são bem-vindas em todos os lugares sem que os mortais desconfiem de nada. São convidadas para os chás das tardes, ganham presentinhos dos vizinhos e, no açougue, podem reparar, o filé mignon mais macio é sempre embalado na melhor parte do jornal (o horóscopo!) e depositado delicadamente nas mãos delas — como um bebê entregue à mãe, logo após o nascimento.

Quando chegam à idade de casar, bruxas são péssimas para escolher marido. Por isso, quando começam a se irritar com pequenas coisas e se veem prestes a revelar a verdadeira identidade milenar... decidem envenená-lo!

Mas as bruxas, claro, têm um ponto fraco. Por que vocês acham que elas sentem um incômodo enorme diante de uma criança? Porque ficam vulneráveis quando encontram seres mais astutos do que elas. É... Desde o início da história da humanidade, bruxas e crianças são incompatíveis.

A sabedoria e a experiência milenar em feitiços, ainda hoje, não as tornaram aptas para entrar nos pensamentos de meninas de doze e meninos de oito anos.

Afinal, crianças também fazem bruxaria, descobrem esconderijos, encontram pessoas desaparecidas, são cruéis quando detestam alguém e podem permanecer insensíveis diante da morte. Mas não diante da morte de alguém do bem; apenas quando o triste destino for o da mais abominável das criaturas.

Foi para tentar melhorar o entendimento entre crianças e supostas bruxas que decidi escrever sobre os dias surreais em que eu e Benjamim vivemos com a tia Hildegard no Edifício BIZARRO.

Se você tem o estômago que, vira e mexe, fica embrulhado ou o coração que, vez em quando, dá uma volta por todo o corpo... É bom se preparar desde já! Depois não diga que não avisei...

UM ESTRANHO INGREDIENTE NA SOPA

IBIZA BAIRRO

Quase todas as noites, eu me perdia com o Benjamim em um bosque. No meio daquele labirinto de árvores, vinha a sensação de andar, andar e não sair do lugar. De repente, encontrávamos uma casa colorida, inteirinha construída de doces. Naquele lugar com cara de faz de conta, eu queria arrancar um dos muitos pirulitos plantados em uma cantoneira debaixo da janela com guarnição de bolachas *wafer*. Era aí que uma moça vestindo um pijama igual ao meu — mas bem mais apertado, com mangas encolhidas e pernas de pescar-siri — aparecia do nada e me impedia de pegá-lo:

— Se eu não fosse você, faria isso mesmo.

— Hein? Quem é você? De onde veio?

— Um dia, vocês vão se arrepender. Sei muito bem como acaba essa história.

— Arrepender do quê? Que história? Fala! Ah, quer saber? Vai embora! Ninguém te chamou aqui. Vai embora agora!

— Olívia, a moça só quer ajudar a gente! Talvez ela saiba como sair daqui. Olívia, você está me ouvindo? Olívia?

A moça então ia embora, balançando os ombros como quem diz: "Depois não vá dizer que não te avisei...". Quando eu percebia que estava sendo injusta e me virava para pedir desculpas, ela não estava mais lá. Quem aparecia ao meu lado, na porta, era a dona da casa: uma velha de cabelos encaracolados que serviam de moldura para a sua cara feia.

E assim, há meses a desconhecida não conseguia se explicar. Eu me sentia culpada por não a ter deixado falar e, ao mesmo tempo, preocupada. Do que iria me arrepender? De que história ela falava? E, afinal, quem era aquela moça? Por que ela usava meu pijama preferido?

Até hoje não consigo definir o que me perturbava mais: se a desconhecida do sonho ou a da realidade. Quando eu acordava assustada de madrugada, via algo muito estranho acontecer naquele apartamento.

A luz passava pelo vão debaixo da porta, iluminando o rosto do Benjamim, que continuava a dormir tranquilo, como se por algumas horas ele se esquecesse do tormento que havia tomado conta das nossas vidas.

A claridade vinha acompanhada dos chinelos da tia Hildegard, que tentavam se arrastar bem baixinho pelo chão do apartamento. Nossa tia entrava no armário do corredor, trancava a porta por dentro não sei como, sumia, e tudo voltava a ficar silencioso e escuro.

Era bem nessa hora que eu ensaiava se valia a pena ou não levantar para fazer xixi. Porque até para ir ao banheiro era preciso tomar cuidado: abrir a porta do quarto sem ranger as dobradiças, lembrar onde estavam os tacos soltos para não fazer barulho, andar no breu sem tatear as paredes e, assim, jamais esbarrar nos horrendos quadros da tia Hildegard. Seria mais fácil deixar um penico no quarto. Aquela era uma missão quase impossível. Bem, impossível apenas para quem nunca precisou fugir do monstro do Desassossego.

De trás da porta do armário, era possível ouvir a voz rouca da tia Hildegard e de outra pessoa. Era comum também sentir cheiro de cachimbo e de comida. Nunca tive coragem de olhar pelo buraco da fechadura ou de tentar escutar o que se passava lá dentro. Não tinha a menor intenção de ser jogada no caldeirão com água fervendo que ela usava para escaldar as criancinhas.

Nós sempre desconfiamos que a tia Hildegard mantivesse dentro daquele armário de fundo falso um monstrinho engaiolado ou as crianças que usava para engrossar o caldo da sopa.

A sopa que todas as noites, mesmo nas mais quentes, tomávamos no jantar. Aquela com cheiro de obrigação e gosto de legume esmagado de fim de feira.

Tia Hildegard percebia nossa resistência em dar a primeira colherada e, arregalando os olhos por cima dos óculos, resmungava que aquela era uma sopa nutritiva e rejuvenescedora, cheia de ferro e proteínas. Muitas proteínas. E voltava a tomar a sopa fazendo barulho de um ralo sendo desentupido.

Cheia de otimismo, achando que o caldo terminaria em uma só refeição, pedia para deixarmos pelo menos seis conchas e um pedaço de carne no caldeirão. Sempre. Nem ousávamos perguntar o porquê daquilo. Provavelmente as sobras iriam para a criatura trancada no armário.

Era a Dona Angústia quem nos salvava da mesmice com seus sanduíches secretos e sonhos de padaria. Tia Hildegard nunca desconfiou que levássemos escondidos para o quarto os pães com patê e queijo com que a vizinha nos presenteava na volta da escola. Na sexta-feira, o *kit* vinha com um reforço de quatro barras de chocolate. "Para o sábado e o domingo de vocês ficarem mais doces", dizia sorrindo.

Estava escrito na nossa cara o quanto detestávamos morar ali, no "Edifício BIZARRO". O nome original — antes do descolamento de algumas letras da fachada depois das muitas inclinações do prédio — era "I**BIZA** — BAI**RRO**". O BIZARRO era um prédio de pastilhas, torto, torto, com três andares de apartamentos enormes de grandes. Era apenas um dos muitos prédios tortos da orla. O solo arenoso fazia com que as construções, quando não entortavam, fossem engolidas por um tipo de areia movediça adormecida. O apartamento da tia Hildegard era coberto por um teto amarelado, com paredes decoradas de um papel desbotado. Os azulejos dos banheiros e da cozinha eram cor-de-rosa-cheguei e verde-piscina-fundo-de-limo.

Dona Angústia foi também amiga da avó Yolanda e conhecia a gente desde os tempos da ilha. Se alguém perguntasse, eu diria, sem pestanejar, que seríamos muito mais felizes vivendo com a vizinha do que com a tia Hildegard. Porque, além de tudo, havia um quarto sobrando na casa dela. Se bem que, todos os dias, a Dona Angústia esperava que o Peppe voltasse a ocupá-lo...

O FAROL DA ILHA DO DESASSOSSEGO

Desassossego era uma ameaçadora ilha que brincava de esconde-esconde no oceano Atlântico. Ora ficava visível, ora encoberta por uma estranha neblina azulada, que se confundia com a imensidão do céu. Aquela não era uma ilha de praia, mas uma pilha horizontal de rochas que guardava esqueletos e cascos de navios de todos os tamanhos.

Os navegantes só conseguiam enxergá-la a poucos metros de distância, o que dificultava qualquer manobra de última hora. Em alguns diários de bordo, a ilha do Desassossego aparece como o grande temor dos viajantes que se aventuravam pelo Atlântico. Quem tinha a sorte de passar ileso próximo a ela, descrevia uma sensação de agonia nunca experimentada. Era uma força estranha que sugava as embarcações como um ímã gigante. Não se sabe se era real ou alucinação enxergar uma porção de sereias nadando ao lado do navio. A ilha do Desassossego seria um refúgio de monstros marinhos que usavam o canto para atrair e desnortear os navegantes.

Hoje, sabe-se que não eram mulheres com cauda de peixe, e, sim, golfinhos nadando no embalo das ondulações da água. E o que confundia a tripulação eram as rochas da ilha, minerais com propriedades magnéticas.

Dizem que nas fendas da ilha até hoje estariam escondidos os tesouros saqueados pelos piratas. Se até a primeira metade do século XIX ninguém saía de lá com vida, então imagine quantos baús recheados de moedas de ouros e joias ainda existem nesse lugar...

Foi para evitar mais acidentes e orientar as embarcações que, em 1830, decidiram instalar um farol na ilha. Meu avô contava que os construtores do farol morreram e foram enterrados ali mesmo, entre as rochas.

A ilha do Desassossego era um cemitério de fantasmas: centenas de almas penadas zanzando em uma área rochosa, cheia de abismos. Eram poucos os corajosos que se atreviam a trabalhar naquele farol. O trabalho de faroleiro na ilha costumava passar de pai para filho. E desde o meu bisavô, avô do meu pai, vinha sendo assim.

Foi nesse lugar mal-assombrado e quase tranquilo onde eu e o Benjamim nascemos. Mas as assombrações não assustavam a mim e ao meu irmão. A não ser o “monstro do Desassossego" — uma aberração que vivia na ilha havia três gerações:

— O monstro pensa ser dono do Desassossego, por isso, não admite a entrada de ninguém na ilha. Ele dorme durante o dia um sono bem pesado e, à noite, acorda para vigiar o território e contar as estrelas. Porque ele acha que o céu também é dele e fica furioso quando encontra uma luzinha a menos lá em cima. Há muitos anos, quando os piratas desembarcavam aqui e o monstro se sentia ameaçado, ele assumia uma forma quase humana para enganá-los. Depois de ganhar a confiança dos intrusos, voltava à forma grotesca e devorava todos eles, de uma só vez. A parte boa é que o monstro mora no outro canto da ilha e não é lá muito inteligente, não faz ideia de que exista esse outro lado. No entanto, o monstro é sensível a qualquer barulhinho, até ao ruído de um fio de cabelo caindo no chão. Enquanto a casa estiver dormindo, estamos todos em segurança. Então, crianças, nada de bagunça no quarto, nada de ficar zanzando pela casa. O monstro do Desassossego é ainda mais cruel com crianças e bichos. Quando apagarmos a luz, silêncio absoluto!

Foi com medo do monstro que eu e o Benjamim aprendemos a fazer as coisas em silêncio à noite. Andar feito pluma pelo quarto sem estalar os tornozelos, prender espirro, engolir soluços e deixar o coração menos saltitante. E, se já estivéssemos dormindo e por acaso a luz do farol nos acordasse, cobríamos a cabeça com o travesseiro e nos mexíamos, com cuidado e bem devagar, para o estrado da cama não ranger.

Nos finais de semana de sol, namorávamos as embarcações indo e vindo do porto e o formigueiro na areia, lá longe, formado pelos banhistas. Era um mar de gente de dar inveja. Nos de chuva, eu me dava conta de como era chato ter só o Benjamim para brincar. E era nesses dias que eu ficava no quarto, pintando mapas do tesouro e inventando e escrevendo histórias para assustá-lo. Meu passatempo preferido sempre foi inventar histórias. De fantasmas, de suspense, de gente que nem parecia gente... Enquanto isso, ele brincava com a Genésia — nossa caranguejeira de estimação — de percorrer um labirinto feito de livros e de blocos de montar.

A ilha era repleta de animais peçonhentos, principalmente aranhas e escorpiões. Virava e mexia, havia um dentro do nosso sapato.

De três em três semanas, meu pai tinha licença para deixar a ilha. Era quando víamos minha avó e íamos para o outro lado da praia.

Visitas, só do pessoal da Marinha. Além de outras que chegavam sem ser convidadas. Aventureiros, tão ou mais perigosos do que o monstro do Desassossego; homens à procura de um "X" no lugar onde o tesouro estaria escondido.

Esses eram destemidos e desinformados. Porque, quem conhecia as histórias do Desassossego, tinha medo de desembarcar na ilha. Afinal, era na embarcação dos visitantes que as almas costumavam pegar carona de volta.

Não foi por medo de assombração, nem de pirata ou de animal peçonhento que meu pai decidiu nos tirar da ilha. Até então estudávamos no Farol com a Meiribel, a professora que depois virou madrasta.

Depois de nossa mãe fugir com um pescador, que, para piorar, era amigo do meu pai, a Meiribel passou a visitar o Farol com frequência. Trazia frutas e água mineral do continente, além de roupas, cadernos, lápis e livros. Era faladeira que só ela, e, como ficou sem ninguém para ouvir seus causos, começou a ficar deprimida de tão sozinha. A Meiribel era esposa do Chico, pescador, que agora estava com a minha mãe, que, na verdade, só queria estar longe do Desassossego.

A Meiribel convenceu meu pai de que deveríamos sair da ilha e conviver com outras crianças. Então fomos morar com a vó Yolanda, mãe dele. Bom, isso até ela morrer, dois anos depois.

OS BISCOITOS EM FORMA DE GENTE

Enquanto a vó Yolanda era viva, encontramos a tia Hildegard três vezes. A quarta foi no dia do enterro.

Nesses encontros, ela era incapaz de sorrir ou de puxar qualquer assunto com a gente. Sequer as horas perguntava, só conversava com a vovó. E em código, que era para as crianças não se intrometerem. Tia Hildegard odiava "por quês" e qualquer outra frase que terminasse com um ponto de interrogação.

Permanecia horas sentada, olhando para o vazio, sem se mexer nem piscar os olhos. Acho que nem respirar ela respirava. Era assustador: aquela mulher parecia uma boneca de cera. Por isso, quando resolvia descansar as pálpebras, era impossível saber se estava mesmo cochilando ou se estava morta.

A única coisa que ela fazia para os sobrinhos-netos era tossir e espirrar na nossa cara. Dizia que assim ficaríamos imunes às doenças e daríamos menos trabalho para nossa avó. Se a tia Hildegard usasse dentadura, os dentes já teriam pulado da boca e mordido nossos olhos.

Imaginar então que depois da morte da minha avó moraríamos com ela era pior do que viver em um colégio interno. É que, além da tia Hildegard, havia outras pessoas esquisitas com quem seríamos obrigados a conviver. A única normal, apesar do nome, parecia ser a Dona Angústia. Seria "Augusta", mas o escrevente do cartório errou na hora do registro e fez do nome o que ela viria a ser depois de o filho desaparecer: uma eterna atormentada.

Tia Hildegard era velha de nascença. Curioso é que, apesar de nunca ter sido criança, seu quarto guardava uma estranha coleção de bonecas. As da primeira prateleira da estante ficavam viradas com o rosto para a parede. A única voltada para a frente era uma boneca de ventríloquo sem os olhos. Mas aquela coisa, ainda por cima, vivia em um lugar bastante privilegiado: uma poltrona com o tecido gasto, bombardeada por cinzas de cigarro. A boneca fora resgatada pela mulher barbada lá do lixo do navio "Recreio". O presente foi entregue dias antes de a mulher barbada abandonar o marinheiro do apartamento onze e fugir com o atirador de facas. Qualquer semelhança com a fuga da minha mãe era mera coincidência.

Na última prateleira da mesma estante, ficavam as enciclopédias de botânica e os guias de jardinagem.

Na penúltima, além de livros com mais folhas faltando do que páginas encadernadas, alguns livros de técnicas de mumificação e o *Monstrorum historia* — um álbum com o registro de todas as espécies possíveis e imagináveis de monstros. Lá só faltava o "monstro do Desassossego".

Meu pai costumava dizer que a tia Hildegard só lia receitas. E sempre as mesmas. Que ela nunca leu nenhum livro na vida. O que ela fazia era ferver duas folhas de livro em uma panelinha com água e tomar um chá de capítulo antes de dormir.

O problema é que, embora tenha nascido na época em que os seres humanos ainda tinham cauda, tia Hildegard se mostrava bem mais conservada do que sugeria seu documento de identidade.

Todas as sextas-feiras de manhã, uma das gêmeas batia no apartamento para buscar os biscoitos que vendia na escola e derretia-se em elogios diante do frescor da pele de titia. A resposta para o segredo da juventude era sempre a mesma:

— Minha sopa rejuvenescedora. Tomo todas as noites! Qualquer dia te passo a receita, Aurora. Bom, mas, se você não gostar de sopa, outra coisa muito boa para a pele é a geleia que eu uso nos biscoitos.

Tia Hildegard se transformava quando alguém passava pela porta de casa. Preciso reconhecer que um dos seus poucos talentos, além dos biscoitos, eram as artes cênicas. Ela fingia tão bem gostar dos vizinhos que dava até para pensar que aquela falsidade era sincera. Até mesmo a Dona Marília achava que a tia Hildegard era a única do prédio a gostar do seu marido, o tenente Irineu. Um ser tão repugnante que eu e o Benja apelidamos de "Ogro do BIZARRO".

Os biscoitos da tia Hildegard eram conhecidos no bairro inteiro. O cheiro da nova fornada ia até a outra esquina avisar que estavam prontos. Às vezes, ela entrava no chuveiro, esquecia o forno aceso e os biscoitos queimavam, deixando uma nuvem de fumaça e pânico pelo prédio.

— Essa velha ainda vai me matar! — gritava o tenente Irineu da janela do vinte e dois. E tudo no mundo era "ele, ele", só ele! A velha ia matá-lo. E o restante do prédio, junto com a Dona Marília, poderia voar pelos ares.

O tenente e a Pandora — irmã da Aurora — eram sempre os últimos do prédio a acordar. Se bem que, às vezes, a Pandora parecia não acordar nunca. E quando o Irineu se levantava, antes do "meu bem, já são nove horas", nossa, o BIZARRO ficava ainda mais bizarro.

Os tais biscoitos tinham sempre o mesmo formato: um bonequinho com o coração decorado em geleia. A única coisa que variava ali era o sabor. E o sabor variava conforme o humor, o mau humor, da tia Hildegard: às vezes, eram de massa de gengibre com canela, decorados com geleia de damasco; outras, de aveia e mel, enfeitados de geleia de goiaba ou amora. De chocolate, ela fazia quando brigava com alguém. Porque só assim parecia estar feliz.

Ah, de vez em quando, ela fazia biscoitos da sorte, daqueles que vêm com uma mensagem dentro. Mas as frases eram incompreensíveis! "É que são traduzidas ao pé da letra, direto do chinês. Pare de fazer perguntas e me ajude a enrolar estes papeizinhos, Olívia!" Não sei onde ela arranjava aquelas fitas de papel batidas à máquina. E a tinta da máquina de escrever estava sempre tão fresca; volta e meia, eu acabava borrando alguma letra. Mas eu não era louca de avisar à tia Hildegard que as mensagens tinham ficado ainda mais difíceis de ler... Os tais biscoitos da sorte, que preparados pela tia Hildegard só podiam trazer azar, eram vendidos em um restaurante perto do porto. Se é que aquilo podia ser chamado de restaurante: era um porão escuro, sujo, que fedia a fritura velha.

Lembro-me da primeira vez que demos risada com a tia Hildegard: foi quando vimos na assadeira um boneco atarracado com glacê no cavanhaque, nos aros dos óculos e debaixo dos braços.

Na noite desse mesmo dia, Dona Marília bateu aflita no nosso apartamento dizendo que o marido estava passando mal, enrolando a língua para falar. O tenente reclamava de formigamento nos lábios e, ao abrir a boca, sua língua saía meio desembestada, feito uma língua de sogra.

Tia Hildegard então mandou que a vizinha entrasse e serviu-lhe um copo d'água com um pouco de açúcar, quer dizer, um copo de açúcar com um pouco d'água. Antes de levar o copo até ela e acalmá-la, cobriu a assadeira com um pano de prato. Na hora de abrir a porta, foi até o armário do banheiro e pegou o frasco de um remédio velho, com o rótulo todo melado, e receitou que desse ao tenente um pouquinho daquele xarope três vezes ao dia. Em poucos dias, ele já não sentiria mais nada. Mais nada mesmo!

Depois dos chiliques do tenente com a tia Hildegard ou com a Dona Angústia, o Irineu sempre, sempre apresentava algum problema mental ou físico. E a tia Hildegard, com a desculpa de oferecer um remedinho, na verdade, fornecia o antídoto do seu feitiço. O feitiço que ela soltava na hora do ataque do Ogro durava até o dia seguinte.

Tia Hildegard vivia com um avental sujo pela casa, manchado de sopa ou de geleia quente que espirrava da panela. Quando saía, podia esquecer a lista de compras, o dinheiro da feira, mas sempre lembrava de dobrá-lo e enfiá-lo na bolsa. E o avental ainda tinha uma fileira de bolsos na frente, onde ela carregava um maço de cigarros, a chave do seu quarto, a chave do armário do corredor e um livreto de fórmulas secretas, "receitinhas de família", dizia.

— Receitas dos seus famosos biscoitos, tia Hildegard?

— Deixem de ser enxeridos! — A resposta atravessada nos deixava ainda mais curiosos. Especialmente porque achávamos que atrás daquele armário do corredor, além de alguém amordaçado, havia um laboratório onde ela preparava as essências que acrescentava à massa dos biscoitos e os antídotos dos seus feitiços. Aquele era um dos muitos mistérios que rondavam a figura da tia Hildegard...

Bem, existe coisa mais enigmática do que praticar a "biscoitomancia"? Talvez ela fosse o único ser humano no mundo a adotar essa forma de vidência. Assim como existem pessoas que leem a sorte na borra do café ou nas folhas de chá, tia Hildegard conseguia prever o futuro e ver o passado em uma mordida de biscoito. Tudo dependia do lado em que a pessoa dava a primeira mordida: se logo na cabeça do boneco, se em um dos braços ou nos pés, se partia o biscoito com as mãos antes de morder o pedaço ou se passava o indicador no coração de geleia e lambia o dedo.

A cozinheira nunca provava os biscoitos que fazia. Nunca. E olha que ela começou a inventar e a criar biscoitos quando ainda era criança. Talvez por isso não tenha conseguido prever o que estava para lhe acontecer quando ainda era moça...

O CASAMENTO DA TIA HILDEGARD E DO SR. SKAPHEDEU

Tia Hildegard era viúva e não teve filhos. Não teve porque dizia não gostar de crianças. Porque davam trabalho, eram pequenos demônios de tão enxeridos e birrentos, sem contar que eram criadouros de piolhos.

Meu bisavô morreu louco de todo, quando minha avó ainda era pequena e a tia Hildegard, adolescente. As duas tinham oito anos de diferença.

O biso se jogou de um abismo na cidade onde viviam. Esqueci o nome do lugar. Ele foi ficando maluco de tanto reger uma ópera chamada *Tristão e Isolda*. Já ouvi em algum lugar que isso acontece com quem tem ouvidos sensíveis e escuta repetidas vezes essa música.

Ele era maestro e minha bisavó, uma dona de casa prendada. Quando a bisa se viu sem dinheiro, não foi difícil arrumar trabalho e recomeçar do zero. Ela podia cozinhar ou costurar para fora. E foi o que a bisa e as filhas fizeram: montaram na sala de casa um ateliê de costura.

Pregavam botão, remendavam fundilho de calça, desenhavam moldes de roupas e cosiam vestidos de noiva. Mas o dinheiro que recebiam, para a tia Hildegard, ainda era pouco. A cada dia ela sonhava em trabalhar menos e se casar com um marido rico. Rico, não: podre de rico.

E de tanto a Hildegard procurar, não é que acabou encontrando? Conheceu um homem bem mais velho e cheio de dinheiro. Dono de uma fazenda de bananas no litoral sul de São Paulo, quase perfeito para os planos da nossa tia. Quase porque ele tinha um único defeito: já estava comprometido.

E foi bem no ateliê de costura onde tia Hildegard e o senhor Skaphedeu se encontraram pela primeira vez. Ela foi a primeira a saber da história do romance por correspondência: da noiva, que ele conhecia apenas a letra — porque não entendia muito bem a língua grega — e o rosto; de uma imagem branca e preta e desfocada que ele carregava no bolso do paletó.

As noivas prometidas costumavam trazer na bagagem seus vestidos, mas a grega havia perdido tudo quando sua mala afundou no mar durante o desembarque. Só sobrou a roupa do corpo.

Nem diante de tamanha desgraça tia Hildegard desistiu.

Na véspera do casamento, a grega teve um mal súbito e morreu, de véu e grinalda, enquanto fazia a última prova do vestido, na frente da costureira.

Durante um passeio pela fazenda, encantada com a variedade de plantas, com a fartura e a beleza das frutas tropicais, ela teria comido alguma semente venenosa. Acredita-se que tenha sido isso ou... Bem, não restava dúvida quanto à causa da morte: a grega havia morrido por intoxicação, porque a boca e as pontas dos dedos estavam azuladas. A única incerteza era se por alguma planta ou se pelas centenas de agulhadas que ela havia recebido enquanto tirava as medidas e provava o vestido. Espalhados pelo seu corpo havia diversos pontinhos de sangue.

O tio Skaphedeu, que havia ficado rico porque nunca jogou dinheiro fora, cogitou em fazer o casamento com a noiva-cadáver mesmo. Tal qual Dom Pedro I, o oitavo rei de Portugal, e Inês de Castro. Dizem que os dois viviam um romance proibido que nem a morte da Inês — a mando do sogro, o rei Afonso IV — conseguiu dar fim. Após Pedro I subir ao trono, Pedro teria coroado o cadáver de Inês e obrigado seus súditos a beijarem-lhe a mão.

No entanto, pensou no escândalo que seria e achou de bom grado aproveitar os preparativos da festa pedindo a costureira em casamento. O vestido da morta coube direitinho na tia Hildegard; não precisou fazer sequer uma prega nem precisou ser lavado.

É, pela decadência do apartamento, não parecia, mas um dia tia Hildegard fora a rainha da banana! Até uma coroa de cachos de ouro ela tinha. Quer dizer, teve. Porque o reinado da titia durou quase sete anos, até o tio Skaphedeu morrer engasgado tocando tuba. Assim como sua primeira noiva, o destino também se encarregou para que ele morresse envenenado. Um escorpião estava escondido — ou foi colocado, o que é mais provável — dentro da tuba.

Tempos depois, tia Hildegard foi procurada por um oficial de justiça e descobriu que o falecido estava atolado em dívidas. Fora o tanto que ela teve que gastar contratando advogados, porque, de repente, surgiu a suspeita de que ela poderia ter assassinado a grega.

Parece que a tal história de que "ver o vestido da noiva antes do casamento dá azar" é mesmo verdade. Mas a suspeita do crime teve fim, quando uma mulher afirmando ser médium madrugou na frente da delegacia da cidade, portando o seguinte recado: "A grega Papiropoulos — o sobrenome dela em momento nenhum havia sido divulgado — e o senhor Skaphedeu insistem na inocência da senhora Hildegard. Os dois também mandam dizer que estão felicíssimos porque finalmente se uniram, ainda que em outra vida".

Do marido, restaram dois apartamentos em frente à praia. E, como não tinha alternativa, mudou-se para um deles.

Por conta do que havia acontecido com o pai e com o marido, na casa da tia Hildegard não se ouvia música. Nem um cantarolar nem um assovio. No máximo, víamos televisão na Dona Angústia.

A vitrola e um único radinho de pilha com a antena despencando ficavam trancados no armário do nosso quarto. Sem que ela soubesse, peguei o rádio para mim. Com um esparadrapo na antena e pilhas novas, ele voltou a funcionar. O rádio me acompanhava na hora de tomar banho, entre as roupas limpas, enroladas. E ficava ligado durante o tempo em que o chuveiro estava aberto. Mas, como o banho era cronometrado pela dona da casa, as notícias e as músicas acabavam sempre pela metade.

Nas noites em que nossa tia sumia, geralmente quando estava mais frio, era possível até interceptar o sinal de rádio do Farol. Entre chiados, a gente matava as saudades do nosso pai, ouvindo a voz dele transmitir a previsão do tempo para a estação meteorológica da capital.

NAS TERRAS ONDE BROTAM AS CRUZES

— Benjamim, sabia que o Raimundo Defuncto conversa com os mortos? Eles contam tudo para ele. Desde o que se passa lá embaixo até o que acontece aqui em cima e só eles conseguem enxergar. E sabia que esse homem prevê a data exata em que a gente vai morrer? É melhor tomarmos cuidado. Porque todo mundo que conversa com ele, meu caro irmão, passa a ter os dias contados...

— Sério, Olívia? Então nunca vou nem cumprimentar o jardineiro.

O jardineiro aparecia todas as quintas-feiras, fizesse sol ou chuva. Raimundo Defuncto, na verdade, era coveiro e conseguiu esse emprego no prédio graças aos frequentes passeios da tia Hildegard pelo cemitério.

Nossa tia tinha um estranho encantamento por coisas fúnebres. Com a desculpa de visitar os parentes, ficava mais tempo diante dos túmulos de desconhecidos do que no da vó Yolanda.

O Defuncto gostava de dizer que não dormia nunca. A cara de insônia não deixava mentir: as olheiras fundas, cor de jambolão-beira-de-canal, realçavam ainda mais os olhos pretos e arregalados. Sem falar na pele pálida, puxando para um tom cinz'amarelado de página de livro, daqueles esquecidos na prateleira mais alta de um sebo. Raimundo Defuncto vivia com as unhas compridas e sujas e tinha uma predileção pela do mindinho direito, que devia ter longuíssimos três centímetros. E a sujeira que carregava debaixo delas... bem, não era do jardim do prédio, mas da terra das sepulturas.

Era então às quintas que Raimundo Defuncto passava metade do dia preparando os canteiros e podando os galhos de uma figueira que crescia feito rabo de lagartixa. Dias depois da poda, os galhos voltavam, mais fortes do que antes. Na hora do almoço, o Defuncto costumava devorar sua marmita dentro do tronco oco de outra árvore que vivia eternamente de luto. Mesmo no outono, ela dava umas flores e uns frutinhos bem pretos. À tarde, ele cuidava das flores que rodeavam o prédio. Quando não tinha muito o que fazer, ficava de conversa fiada com Dirceu Assunto, o açougueiro da esquina. Quando o Assunto estava sem assunto e cheio de trabalho, o Defuncto se encostava na mureta da frente do prédio vendo o tempo passar. Não o dele, mas o tempo dos outros. É que, assim como a tia Hildegard lia a sorte em uma mordida de biscoito, o Raimundo Defuncto sabia o dia em que a pessoa iria morrer só de olhar nos olhos dela. Olhando no fundo bem fundo das pupilas, ele conseguia ver a cor da alma das pessoas. Que mudavam de cor, segundo ele, conforme a idade e a hora da partida.

E, enquanto fumava seu cigarro de palha, não via a hora de a Pandora, a gêmea da noite, aparecer. Mas acabava trocando a noite pelo dia e sempre fazia graça com a irmã errada.

— Eu morreria por você, minha Pandorinha!

— Por que então você não cava um buraco bem fundo e se joga dentro? — perguntava Aurora.

— Só se você for comigo! Assim poderemos passar a eternidade juntos.

O Defuncto não era nenhuma flor de pessoa. Um tipo esquisito, sonso. Andava para cima e para baixo com um guarda-chuva de ponta agulha e com um inseparável *kit* de pás de jardinagem que, no restante da semana, tinha outra utilidade em terras onde não brotavam flores.

As únicas pessoas a quem ele respeitava no BIZARRO eram o tenente Irineu e a tia Hildegard.

— Você trouxe aquilo que eu pedi, Raimundo?

— Trouxe, sim. Deixei ali, bem escondido.

— Ótimo! Estava pensando... Aqui combinaria uma espirradeira!

— Espirradeira é perigosa, Dona Hilde. — Titia já havia corrigido seu nome quinhentas vezes, mas uma hora viu que estava perdendo tempo e desistiu.

— É venenosa só se alguém comer. E no prédio não tem criança pequena, ninguém vai mexer. Plante no canteiro lá do fundo, junto com a comigo-ninguém-pode. Ah, desço antes das cinco e meia para trazer seus biscoitinhos. Estão deliciosos!

— Tá bom; a senhora que manda.

Tia Hildegard mantinha no prédio várias plantas venenosas, entre elas, a mesma que, provavelmente, matou a noiva do seu falecido marido. E ela cuidava daquela planta como se fosse gente, talvez por isso tivesse o hábito de chamá-la de "flor da fortuna": porque dizia trazer sorte.

De todos os moradores, quem mais detestava o Defuncto era o Mentira — fiel companheiro da Dona Angústia. Aquele *basset* só latia para ele e para o tenente Irineu. De resto, era capaz até de lamber a mão do ladrão que invadisse o prédio.

Às oito em ponto, quando a Dona Angústia e o cachorro saíam para passear, o jardineiro ficava de plantão. Seu maior prazer era vê-lo rosnar e depois se engasgar de tanto ser puxado pela coleira. Dona Angústia não tinha força suficiente para arrastá-lo e tirá-lo de perto. E, quando o Mentira se cansava e virava-lhe o rabo, o jardineiro dava cutucões com os galhos secos, às vezes cheios de espinhos, na traseira do pobre cão. O Mentira dava um ganido e Dona Angústia fulminava o Raimundo Defuncto com um olhar tão assustador quanto o próprio Defuncto.

O jardineiro dava uma risada bem falsa, ficava sério e depois falava: "Esse salsicha tem é parte com o 'coisa ruim'!".

Na véspera do crime, o Raimundo Defuncto colaborou para que os vizinhos mais sensíveis tivessem um fúnebre pressentimento: levou flores do cemitério para enfeitar o saguão do prédio. Ele, que dizia conversar com os mortos, provavelmente soube que a população do Além estaria prestes a aumentar e assim deu seu presente de "boas idas". Para piorar, vieram embrulhadas na página do obituário da *Tribuna do Litoral.*

Aquele jardineiro era mesmo sinistro...

O TENENTE

Era nas tardes vazias que a Dona Marília subia para conversar com a tia Hildegard. Muitas vezes, o marido da Dona Marília saía após o almoço para trabalhar e só chegava de madrugada, bem depois da meia-noite. Às vezes duas, três da manhã. Às vezes ele nem voltava: telefonava para avisar que passaria a noite fora.

Dona Marília e a tia Hildegard conversavam horas a fio enquanto comiam biscoitinhos — "deliciosos", elogiava a vizinha limpando a boca no guardanapo de papel cor-de-rosa com cheiro de guardado — e tomavam xícaras e xícaras de chá. A viúva, que naquelas tardes ainda tinha marido, cumpria sempre o mesmo ritual: perguntava sobre a saúde de titia, depois, queixava-se da vida. Que havia parado de trabalhar na farmácia do tio para cuidar da casa, que a filha agora morava no interior e não havia mais ninguém para lhe fazer companhia, que o marido trabalhava muito, "pobrezinho", e não tinha tempo para dar atenção à esposa. Pois nem tempo para cuidar da aparência ele tinha. Era ela quem separava as roupas que o marido usaria no dia e até mesmo preparava a tintura de cabelo dele.

Dona Marília sempre terminava dizendo que não era de reclamar da vida, muito menos do marido, "não, longe disso, ele é um anjo". E claro, emendava em uma linda declaração de amor: "amava muito aquele homem" e repetia que não poderia cuidar tão bem dele se ainda decifrasse bulas e desvendasse letra de médico atrás do balcão.

Tia Hildegard não ouvia as lamentações da Dona Marília apenas por cortesia, como faziam tantos outros. Ouvia com uma satisfação escondida, quase triunfante. Ela devia pensar "Marília tem marido e é infeliz. E, mesmo acompanhada, sente-se sozinha. Como eu.". E, assim como todos os vizinhos, tia Hildegard detestava o tenente Irineu. Mas, diferente dos outros, não demonstrava a ninguém sua antipatia. Na frente dele era gentil, amável, uma tia Hildegard que nós conhecíamos bem. Não por ser boazinha, mas porque era falsa como o uísque que vendiam no boteco perto do prédio.

Eu e Benjamim éramos proibidos de participar de qualquer reunião de adultos. Especialmente quando Dona Marília estava em casa. A gente também não fazia a menor questão de ficar por perto, porque a vizinha do vinte e dois parecia ficar desconfortável quando atravessávamos o apartamento para pegar um copo d'água na cozinha ou para pendurar a toalha na lavanderia, por exemplo. Ela gaguejava e coçava os braços e as pernas, feito alguém que foi empanado no pó de mico. Eu dava graças aos céus de poder fazer a lição de casa no quarto e não na sala de jantar. Vez em quando, eu era obrigada a interromper uma redação ou um exercício de matemática para servir mais chá com biscoitos à visita — acho que a tia Hildegard fazia de propósito, só para ver a vizinha incomodada. Eu fingia não prestar atenção na conversa. Mas prestava: uma semana antes de o Irineu morrer, Dona Marília, aos prantos, disse à tia Hildegard desconfiar que o marido tivesse outra mulher. Tia Hildegard estava rindo por dentro, mas rindo tanto, que só conseguiu achar uma desculpa para parar quando apareci com a bandeja. Para tentar disfarçar, deu um esbarrão no meu braço, fazendo com que eu derrubasse tudo no chão: "Ai, como é desajeitada essa menina, igual à avó! Desculpe o inconveniente, Marília. Vou até a lavanderia pegar um pano para enxugar o desastre que a Olívia causou". E titia foi até a lavanderia, mas foi para dar risada, enquanto a outra afogava o sofá em lágrimas.

Dia e noite, tia Hildegard andava pela casa arrastando o tal chinelinho. O barulho ecoava no andar de baixo, bem no apartamento do tenente. Sim, era bastante irritante aquele *plec-plec-plec*, mas, depois de um tempo, eu e o Benjamim nos acostumamos. O que não dava para se acostumar era com as batidas de algo que devia ser o cabo da sua metralhadora no teto e com os gritos "Ô velha!

Vai sentar na tua cadeira de balanço e me deixa assistir à novela!". O ataque só não era maior porque, no meio do chilique, ele começava a passar mal e a gente ouvia "ai, não, esse bicho de novo, não!".

Ninguém nunca havia reparado, mas toda vez que o tenente ralhava com a tia Hildegard, ele era acometido de uma esquisitice qualquer. A mais frequente era um sagui saindo da sua orelha. Começava com uma coceira incontrolável, depois com um tufo de pelos pretos e brilhantes saindo dos ouvidos. Aí, Dona Marília vinha com uma pinça e puxava o pobre bicho, que saltava da janela e pousava nos galhos dos chapéus-de-sol do calçadão da praia. De lá, seguia rumo ao Orquidário Municipal.

O sagui era obra, claro, da tia Hildegard. Assim como a vez em que ela estava voltando da mercearia, havia acabado de chover, o meio-fio cheio de água, e o tenente passou de moto rente à calçada para molhá-la. Ela ficou encharcada! À noite, uma conjuntivite súbita deformou seus olhos e deu-lhe olhos de camaleão. Por vinte e quatro horas ele não olhava mais para a frente, só conseguia enxergar os lados.

A tia Hildegard nem reclamava da falta de educação do Irineu porque adorava se vingar dele nos seus pequenos feitiços.

Mas eram Dona Angústia e o Mentira quem mais sofria com o Irineu: "Dá um jeito nesse cachorro! Faz esse saco de pulgas parar de latir!". O Mentira, na certa, tomava mais banho do que o tenente. E o tenente... esse latia mais do que o Mentira.

O carteiro passava no BIZARRO todos os dias, às onze em ponto. Tirava da bolsa um maço de cartas e deixava o amarradinho debaixo de um paralelepípedo, que funcionava como peso de papel. Nessa hora, o tenente ficava de tocaia, apoiado com a barriga na janela do apartamento, vestindo — fizesse quinze ou trinta graus — um exemplar da sua coleção de camisetas regata. Enquanto isso, de meio em meio minuto, ele olhava para o céu à procura de um milagre, tirava uma meleca do nariz e grudava na cortina. Depois, assoviava e mandava — mandava, não, intimava — o carteiro subir até o segundo andar. O tenente nunca entendeu que a rua estava bem longe de ser seu quartel.

Se, por azar, em um desses momentos Dona Angústia estivesse entrando no vinte e um, o tenente balançava um envelope qualquer e dizia:

— Dona Angustiada, carta para a senhora. E... olha só, acho que é do seu filho! Ah, não, *tisc*, desculpe, me enganei. Sempre acho que ele está viajando... Já que a senhora não sabe onde ele está, por que não pergunta ao Defuncto se alguém lá no Além tem notícias dele?

Dona Angústia tinha vontade de enfiar aquele maço de cartas goela abaixo do Irineu e depois costurar aquela boca bem costurada para ele nunca mais voltar a falar. Mas era preciso ter cuidado, afinal, se não fosse o tenente, o Peppe não teria sumido.

Pobre Dona Marília... Apesar da voz de marreco gripado, até que ela era uma pessoa bacana. Por isso mesmo não dá para entender como ela teve coragem de se casar com um idiota desses. Bem fez a filha do casal, que foi para bem longe na primeira oportunidade.

A GÊMEA DO DIA E A GÊMEA DA NOITE

Dizem que, antes de o planeta ser como o conhecemos, todas as coisas do mundo eram uma só: a terra, a água e o ar viviam juntos e misturados, como uma massa escura e sem forma. Uma massa chamada *Caos*, onde viviam amortecidas as sementes das montanhas, das plantas e dos animais.

Eis que a Natureza, um dia, resolveu colocar ordem no *Caos* e separar o que era líquido do que era sólido e do que era gasoso. Fez surgir assim o oceano, o solo e o céu. Mas faltava uma criatura mais sábia do que os animais para ocupá-la. Uma criatura que olhasse para cima, diferente dos bichos que viviam cabisbaixos. Então a um deus foi atribuída a missão de inventar essa criatura que viria a ser o homem. Na caixa de ferramentas do deus-construtor, havia tudo o que você possa imaginar: cabelos, olhos, unhas, pés, umbigos... Havia também gentileza, força, capacidade de raciocinar e muitas outras qualidades que a gente não vê. Assim o construtor fez: uma criatura sem defeitos, pois tudo de maligno que poderia existir continuava guardado dentro daquela caixa.

No entanto, o homem vivia só e precisava de uma companhia. Então, com o que sobrou do material usado na sua construção, surgiu a mulher. E, como todas as virtudes foram dadas ao primeiro humano, para essa nova criatura chamada Pandora sobrou a beleza e a curiosidade.

Certo dia, Pandora abriu a caixa de ferramentas do seu criador. Em uma fúria incontrolável, lá de dentro escapou tudo o que havia de ruim. Foi tão rápido que restou tempo apenas de não deixar a esperança fugir. E o mundo, que até então não conhecia as guerras, passou a não ter mais paz. Tudo por culpa da curiosidade da Pandora...

— É, Olívia, vá se acostumando. Desde que o mundo é mundo, a culpa das desgraças cai sempre sobre a mulher. Vou torcer para que você não esbarre com muitos machistas na sua vida. — Dona Angústia nos contou umas dez vezes a versão grega da história de *Adão e Eva* para explicar quem fora Pandora. Eu e o Benjamim não nos cansávamos de ouvir.

Mesmo depois da décima vez, aquele nome continuava a soar tão estranho quanto a figura da sua dona, a gêmea da Aurora. O nome da Aurora também tinha uma história tão fascinante quanto a da Pandora.

Aurora era uma deusa que se apaixonou por um mortal e implorou aos deuses que seu amado príncipe nunca morresse. Mas se esqueceu de pedir que ele jamais ficasse velho. O tempo passou, ele envelheceu e tornou-se um trapo humano. Enquanto isso, Aurora permanecia linda, jovem e imortal. Vendo o sofrimento do príncipe que já não falava nem andava, ela o transformou em uma cigarra. Aliviado, ele cantou horas e horas em agradecimento. Quando a cigarra começa a cantar nas primeiras horas da manhã, a esse período dá-se o nome de "aurora"!

Ninguém nas redondezas lembra-se de ter visto a Aurora e a Pandora juntas. É que uma era a gêmea do dia e a outra, da noite. Uma trabalhava em uma escola e vendia os biscoitos da tia Hildegard para as crianças, e a outra trabalhava como assistente de mágico e macaca enjaulada no navio "Recreio". Não sei se para tomar conta do apartamento ou o quê, mas elas nunca saíam ao mesmo tempo. Nunca. Havia sempre uma delas na sala do apartamento doze, lendo ou pintando as unhas dos pés. Não dava para ver direito o que se passava lá dentro, porque as janelas, embora amplas, viviam protegidas por uma cortina cor de creme.

Era na nossa escola onde a Aurora dava aula. Ela era professora da turma um ano mais nova do que a turma do Benjamim. Na hora do recreio, ela evitava passar perto da gente, mas circulava para lá e para cá vendendo os biscoitos da tia Hildegard. Esses eram bem menores do que os que costumávamos comer. Eram feitos para acabarem mais rápido e as crianças comprarem mais. Havia naquela receita algum ingrediente secreto que os tornava irresistíveis. Pois até as crianças que não gostavam de aveia ou de gengibre devoravam os bonecos em segundos.

O navio onde a Pandora trabalhava ficava ancorado a poucos quilômetros da orla; seguindo uma linha imaginária reta, era bem em frente ao BIZARRO. Para chegar até ali, os frequentadores e os funcionários embarcavam em uma catraia. O navio não era bem um navio: não funcionava mais como embarcação, já que a casa de máquinas havia sido retirada para deixar um espaço livre maior. Nele funcionava um centro de recreações com atrações de circo, que iam do homem-bala à contorcionista; do mágico míope ao ator do teatro de sombras que morria de medo do escuro. Só não tinha atirador de facas e mulher barbada. Mas não tinha porque haviam fugido. Um com o outro.

Lá também funcionava um museu de cera e o *La Mocoronga*, a atração mais concorrida. Quando o carro com alto-falante passava na avenida da praia, anunciava que no próximo sábado seria a única exibição do "filho da sereia". E o que era para ser uma única apresentação virou atração permanente, porque quem o conheceu dizia que ele era mesmo de dar medo: um rapaz de olhos esbugalhados, costeletas parecidas com guelras e membranas entre os dedos das mãos que bem poderiam ser nadadeiras.

Havia também um hipnólogo cujo sotaque castelhano só aparecia na hora das apresentações. Era, por coincidência, o dono do navio. E nós já havíamos esbarrado nele algumas vezes na calçada em frente ao prédio. Mas, em terra firme, o sotaque dele misteriosamente desaparecia.

Para variar, tia Hildegard jamais permitiu que eu e o Benjamim fôssemos até o navio. Nem se a Dona Angústia nos levasse.

Eu morria de curiosidade para ver a La Mocoronga, a mulher-gorila. Diziam que a jaula onde ela se transformava ficava bem no desembarque, forrada de tufos de pelos no chão. E que, quando ela se transformava em macaca, era uma das coisas mais terríveis do universo.

Quem conhecia a La Mocoronga e a professora Aurora dizia que as duas usavam o mesmo perfume. Os tufos de pelos da jaula exalavam o mesmo cheiro de rosas.

Aos finais de semana, o navio vivia cheio de famílias e de crianças de todas as idades. De terça a sexta, era mais frequentado por adultos que precisavam se distrair com coisas menos chatas do que reuniões, pilhas de papéis e compromissos que iam do nada ao lugar nenhum.

Da janela do nosso quarto, quase todas as noites pela fresta da cortina víamos a Pandora sair para trabalhar. As duas irmãs eram mesmo idênticas. Iguais até no jeito de andar. A única diferença era a roupa e a maquiagem. Pandora era mais exuberante: usava umas roupas curtinhas, o cabelo sempre esvoaçante e vivia segurando uma caixa. A caixa de Pandora!

Quem também gostava de observar a Pandora era o Irineu. O tenente-purgante não perdia a oportunidade de fazer qualquer gracinha quando ela passava. O açougueiro assistia a tudo da outra esquina, cheio de uma indignação feliz. Com uma prancheta e um lápis na mão, olhava para o relógio de meio em meio minuto, marcando todos os passos, não da Pandora, mas do tenente. O Dirceu Assunto, como o que sobrou no fundo da caixa de Pandora, não perdia a esperança de um dia se casar com a Dona Marília.

O FILHO DA DONA ANGÚSTIA

Dona Angústia e o Mentira sempre iam nos pegar na escola. Tia Hildegard não deixava que voltássemos sozinhos e ela não podia — para falar a verdade, não queria — andar tantos quarteirões para resgatar a gente.

No meio do caminho, passávamos na padaria ou para comprar cigarros para a tia Hildegard ou para comprar café moído na hora. Eu e meu irmão ficávamos do lado de fora com o Mentira, porque na padaria não permitiam a entrada de animais. Bem, só a dos ratos que circulavam lá dentro durante a madrugada.

Aquela era a única hora em que a gente podia brincar com o Mentira sem deixar Dona Angústia enciumada. Quem não gostava muito da brincadeira era tia Hildegard, que reclamava das marcas das patas no nosso uniforme.

Quando era dia de pagamento da sua aposentadoria, Dona Angústia trazia dois sonhos bem grandes, um para mim, outro para o Benjamim. "Não comam antes do almoço, hein, Olívia!" Claro que não, afinal, tia Hildegard podia notar nossa falta de apetite, e aí ouviríamos um sermão daqueles...

O Peppe tinha desaparecido havia alguns meses, mas para a Dona Angústia, que era mãe, parecia uma eternidade. No mês passado, ele fez vinte e três anos. Tia Hildegard, naquele dia, preparou um bolo que, depois de ter recebido cobertura de brigadeiro, sumiu da cozinha. Se ela levou para a vizinha... Foi estranho a Dona Angústia não ter nos oferecido nem um pedaço.

O Peppe trabalhava na *Gazeta do Litoral* desde o penúltimo ano da faculdade de Jornalismo. Depois, foi promovido a chefe de redação. Volta e meia, ele ia à delegacia prestar esclarecimentos por essa ou aquela matéria. Parece que muita gente não gostava do jeito que ele e a equipe escreviam. Principalmente quando criticavam o governo. Em uma madrugada, ele saiu do jornal e nunca mais voltou, nem deu notícias. O mesmo aconteceu com alguns dos parentes de colegas da minha escola. Sempre me perguntava se o Peppe poderia estar junto deles.

Não sei como, mas Dona Angústia parecia lidar bem com o sumiço do filho. Nunca a vimos chorando de saudades ou de desespero por não saber onde ele estava. Quando ficava perto da gente ou da tia Hildegard, era alegre e até bem risonha. Aquilo me intrigava um pouco na Dona Angústia. Será que ela não gostava do filho ou... será que, na verdade, ela sabia onde ele estava?

A convivência com a tia Hildegard estava começando a me deixar paranoica: por que a própria mãe fingiria ter um filho desaparecido? E, afinal, onde o Peppe poderia estar?

Nunca chegaram a dizer, assim, com todas as letras, mas, pelo jeito que a Dona Angústia ficava ao encontrar o tenente, a culpa do sumiço do Peppe só podia ser dele. Quando esbarrava com aquela criatura, ela ficava muda, pálida e suava frio. O Irineu, claro, percebia e fazia de tudo para provocá-la. E a tia Hildegard era a primeira a acalmá-la. Logo quem! "Por favor, Guta (era assim que nossa tia a chamava), tente se controlar. Se o caldo entornar, nossa, nem dá para imaginar o que pode acontecer..." Algumas atitudes da tia Hildegard me surpreendiam e eu me pegava pensando se ela era mesmo quem eu acreditava ser.

Todos os dias ímpares, tia Hildegard ia até a sede de outro jornal anunciar seus biscoitos e outros quitutes. Mas não sei que raio de redator era aquele que sempre se esquecia de uma letra ou trocava uma sílaba de lugar.

BIS OITOS! Bonequinhos açucarados prefeitos para decorar sua árvore de Natal!

"Natal"? Que Natal? O ano mal havia começado! "Bis-oitos"? Bonequinhos "prefeitos?". E a rainha da banana, que também era da reclamação, não dava um pio. Parecia estar tudo mais-que-perfeito.

Nos dias pares, tia Hildegard descia até a banca da esquina e comprava o jornal. Saía bem cedo, ainda com o dia clareando, de avental por cima do penhoar e cabelo desgrenhado. E o que era mais estranho é que, durante o café da manhã, ela só lia os classificados de empregos: "Precisa-se de auxiliar de almoxarifado para mercado de pulgas". Isso quando ela não se interessava pela vaga de "modelador de nuvens que componha formas identificáveis" ou de "passeador de jabutis". Receitas do jornal ou alguma notícia inusitada, ela recortava e guardava. Provavelmente naquele caderninho de receitas que vivia no bolso do avental. Mas ali já não devia existir mais página para tanta receita. A parte mais importante do jornal, ela usava para embrulhar os cachos verdes das bananas. "Para amadurecerem mais rápido", dizia. Se ela, que um dia fora a rainha da banana, estava falando, então devia funcionar mesmo. As páginas dos classificados no final do dia também sumiam. Quando eu precisava do jornal para fazer algum trabalho da escola, nunca encontrava.

O MARIDO DA MULHER DO ATIRADOR DE FACAS E O AÇOUGUEIRO

Quando chegamos em frente ao prédio, uma multidão impedia a entrada dos moradores. O pior é que estava tão quente que os sonhos quase viraram pesadelo dentro do saquinho da padaria.

Dona Angústia pediu para que segurássemos o Mentira e ficássemos ali mesmo, imóveis. Ela ia tentar encontrar a tia Hildegard no meio da confusão e descobrir o que estava acontecendo.

— Hildegard, meu Deus, o que...?.

— Calma, Guta. É apenas uma reportagem sobre a Torre de Pisa. É melhor ficarmos por aqui mesmo, bem quietas.

Os curiosos estavam mais interessados em saber o que levou uma emissora de TV a voar da Itália e aterrissar no quarteirão mais sem graça da praia. A equipe estava acompanhada do pessoal da Defesa Civil e preparava os últimos acertos para uma matéria sobre a "*Torre de Pisa* brasileira". Eu já contei que o prédio ao lado do BIZARRO estava quase caindo? Faltava pouco para um, que pendia para a direita, encostar no outro que tombava para a esquerda. No edifício ao lado, nada parava quieto: nem carrinho de chá nem laranja em cima da mesa...

— Hum... Olívia...

— O que é agora, Benjamim?

— Preciso fazer xixi!

— Ah, não, não vai dar. Segura aí! Ou então faz ali, atrás do poste.

— Mas ali é na frente da banca, tem um monte de gente vendo... Eu quero entrar.

— Não tá vendo que ninguém vai conseguir passar?

— Olívia, se eu fizer xixi na calça do uniforme, a tia Hildegard me mata! E eu vou botar a culpa em você.

Nossa tia não deixava ninguém fazer xixi fora de casa. E não era nem pela falta de higiene dos *toaletes*, como ela os chamava, era porque não achava adequado que as crianças lessem o que os desocupados escreviam nas portas e nas paredes dos banheiros.

Tia Hildegard estava preocupada, olhando para os lados como quem procura algo. Acho que ela tentava se esconder. Bem, pela primeira vez ela parecia não estar controlando a gente. Não custava arriscar: "Tia, posso levar o

Benjamim ao banheiro, ele está apert...?". Ela fez com a mão um sinal de "vai-vai", nem ouviu o que perguntei. Passei a coleira do Mentira para a Dona Angústia e demos a volta na multidão. Nosso destino era o bar ao lado do açougue. E, bem ali, demos de cara com o marinheiro do onze.

Aquele homem dava um bocado de medo na gente. Dona Angústia contou que, quando ele se mudou para o prédio, era conhecido como "marujo sem sombra". De tão magro, a luz desviava da sua silhueta e nem sombra fazia. Mas ele foi engordando mês a mês, depois de a mulher-barbada trocá-lo pelo atirador de facas. Além de aumentar de tamanho, a solidão deixou várias marcas no seu corpo. Eram corações partidos ou ensanguentados, atravessados por mil e uma espadas. Talvez aquelas infinitas tatuagens servissem para não se esquecer de que, na verdade, ele era o alvo do atirador de facas. E dizem que o Sardinha ficou assim, mais cheinho, para ter mais espaço para as tatuagens.

A mulher barbada e o atirador de facas trabalhavam no navio "Recreio" com a Pandora, gêmea da noite. O BIZARRO era quase uma filial do circo.

O Sardinha era ainda mais assustador quando achava graça em alguma coisa. Ele deixava em evidência seus dentes em formato de canjica e sua risada mastigada, parecida com a de um golfinho. Para completar, o marujo tinha um olho que era mais pupila do que íris. Um olho igual ao de uma lagartixa. E usava uma cartola, como aquelas onde os coelhos dos mágicos moram.

Bem, ainda o chamavam de "marujo", mas ele nunca mais voltou para o mar aberto. Quando era da Marinha, por suas habilidades de abrir e trancar portas, virou chaveiro oficial das embarcações. Principalmente dos cofres dos navios que atracavam no porto. Nessa mesma época, parece que o Sardinha fez um curso de mágica por correspondência. Para ter as mãos mais rápidas do que os olhos, usando o movimento dos dedos para desviar o olhar da plateia.

O Sardinha era o único na cidade responsável e encarregado em abrir os cofres dos navios cargueiros e dos navios de turismo que chegavam ao porto de Santos.

O marujo-chaveiro-e-mágico guardava o segredo — a sete chaves! — de fortunas do mundo inteiro. Ao sair para o trabalho, por medidas de segurança, era obrigado a avisar as autoridades do seu itinerário. Suas atividades eram cronometradas e monitoradas pelo serviço de inteligência militar.

Mas nem todos os militares estavam preocupados com a sua segurança. Havia alguém muito próximo, interessado em subtrair pequenas quantias do dinheiro desses cofres: o tenente Irineu!

Benjamim demorou um bocado para voltar e, ao me encontrar, disse não ter visto nada escrito em lado nenhum. Procurou por tudo até perceber que naquele banheiro não havia mais nada além de sujeira. Ainda por cima tentou, tentou e o xixi não saiu. Então, pedimos para usar o banheiro do seu Assunto, o açougueiro. Viviam dizendo que ele precisava manter o estabelecimento limpo para não ser multado pela vigilância sanitária. Ali, o xixi do Benjamim haveria de sair.

Quando entramos e pedimos para usar o banheiro, o Assunto estava tão compenetrado cortando uma peça de carne que nem se lembrou de indicar o caminho do banheiro para o Benjamim. O menino entrou em tudo quanto foi lugar: até dentro da câmara fria! Entre as várias carnes penduradas nos enormes ganchos de metal, o mais estranho foi ver, ali, a Dona Marília.

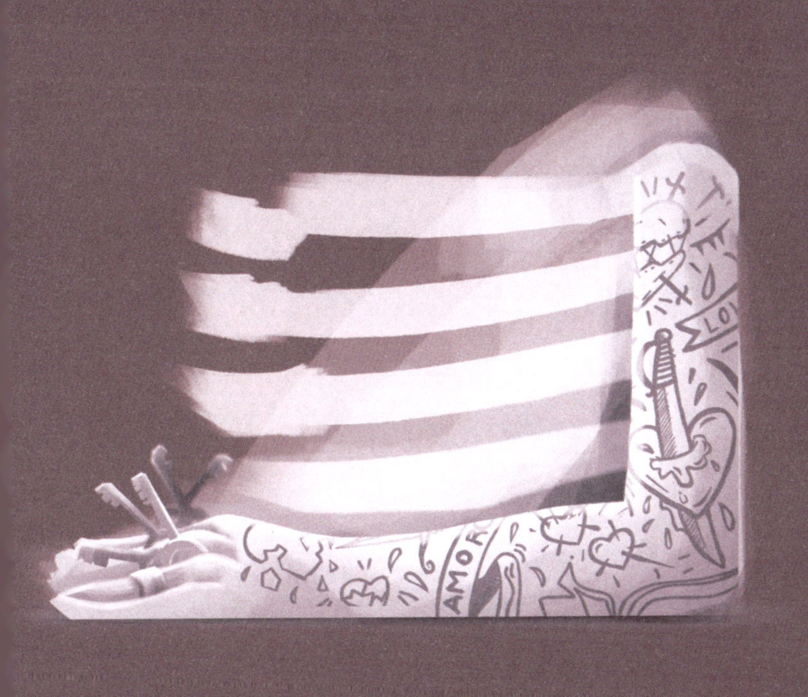
AMOR

O AÇOUGUEIRO APAIXONADO

Assim como a tia Hildegard, Dirceu Assunto sempre usava um avental. Mas, em vez de geleia quente que espirrou da panela, o avental vivia sujo de sangue.

A "Casa de Carnes Mar Ilha" ficava na esquina do outro lado da rua do BIZARRO. Logo abaixo da casa e do ateliê do Assunto.

Diziam que o rapaz era um "artista". Mas diziam sem saber muito bem o porquê. A maioria achava que era porque nenhum outro açougueiro de Santos cortava e limpava um filé *mignon* como ele. Quem, naquelas circunstâncias, usaria uma lupa e uma pinça para tirar cada milímetro quadrado de gordura do coxão duro antes de moê-lo?

A verdade é que o Dirceu Assunto tinha outra profissão aos finais de semana: ele criava bonecos de cera. Todas as personalidades que viviam no museu de cera do navio "Recreio" eram obra dele: James Dean, Van Gogh ainda com as duas orelhas, Carmem Miranda, Marilyn

Monroe... As mais recentes eram do Carlos Alberto Torres erguendo a taça da Copa de 1970 e o Pelé.

Do calçadão da praia dava para ver no andar de cima do sobrado mãos, pernas e troncos pendurados por fios, esticados nos mesmos ganchos que o Dirceu usava para expor as carnes. Atrás dos ganchos, havia uma prateleira comprida, cheia de perucas, barbas e bigodes. Para manter todos aqueles bonecos, inteiros, sem que o nariz ou a ponta de uma das orelhas começasse a derreter, eles eram colocados na câmara fria, junto com a mercadoria.

Uma das suas obras mais recentes era uma réplica assustadoramente idêntica à Dona Marília! O Assunto não conseguia disfarçar que era louco por ela.

Dos rabos de conversa que ouvíamos entre o Raimundo Defuncto e o Dirceu Assunto, descobrimos que o Assunto, desde moleque, pintava o cabelo e as sobrancelhas de cinza-prateado. Que era para parecer grisalho e sair com mulheres mais velhas. Imagina se um menino de onze anos consegue se disfarçar de homem? Juntas, as cabeças dos bonecos de cera do açougueiro pensavam mais do que a dele!

Por isso o Dirceu Assunto parecia ser capaz de qualquer coisa — qualquer coisa! — pela Dona Marília. Algumas vezes, ele chegou a ocupar o primeiro lugar na minha listinha de suspeitos.

RECEITA PARA FAZER UMA TEMPESTADE

Dona Meiribel vivia repetindo que o ano só começava depois do Carnaval. O mês de janeiro, por exemplo, era feito de trinta e um dias que nem precisavam existir no calendário. Quase ninguém trabalhava, ainda mais em uma cidade de praia. Portanto, quando alguém afirmava estar "muito, muito ocupado", boa coisa não podia ser.

Tia Hildegard saiu toda esbaforida naquele primeiro de fevereiro de 1971. Estava tão apressada que acabou se esquecendo do seu inseparável avental. Quando cheguei na cozinha para pegar um copo de água, levei um susto: lá estava ele, dando sopa, pendurado no encosto da cadeira. Não tive coragem de encostar nos segredos da tia Hildegard sem o Benjamim por perto. Entrei no nosso quarto com cara de quem tinha visto um fantasma. Claro que ele não acreditou quando contei sobre o avental, achou que eu estivesse brincando. Depois de meio minuto espremendo os olhos para enxergar melhor onde estava minha mentira, ele suspirou e perguntou:

— Você mexeu nos bolsos? Descobriu a receita que ela vai usar para matar a gente? Olívia, vamos fugir!

Não fugimos, claro. Fomos até a cozinha, na ponta dos pés, vasculhar os benditos bolsos do avental. Não encostamos neles sem antes olharmos todo o apartamento, até no armário debaixo da pia da cozinha. Podia ser uma armadilha.

O caderno não era de receitas coisa nenhuma. A única coisa que lembrava comida era um boneco desenhado, cortado por setinhas com as orientações da biscoitomancia, e as muitas frases estranhas dos biscoitos da sorte: "Para fazer uma tempestade em um copo d'água, providencie um bolinho de chuva efervescente!". "Quem toma conhecimento, fica careca de saber". De resto, uma porção de códigos e frases indecifráveis e algumas matérias esquisitíssimas recortadas dos jornais. O que dizer da "estranha chuva de sapos e peixes que desabou no interior dos Estados Unidos, há vinte anos, na década de cinquenta"?: *Os moradores de uma cidade do interior do Estado de Massachusetts aguardavam uma garoa fina no final da tarde, quando foram surpreendidos por uma horripilante chuva de peixes e sapos. Alguns animais ainda estavam vivos quando caíram do céu; outros estavam adormecidos, dentro de cubos de gelo. Dias depois de caírem do céu, eles ainda estavam vivos, conservados dentro da água em estado sólido. O fenômeno da "chuva de sapos" acontece quando um pequeno ciclone se forma sobre um lago, formando uma tromba d'água que suga tudo o que está dentro da água.*

Benjamim estava paralisado de terror. E ele nem tinha medo de sapos. Já eu tinha certo receio, mas fingi não estar assustada. Coisas muito piores ainda estavam por vir.

De repente, o dia azul da cor do céu foi arrastado por uma enorme nuvem chumbo. A noite chegou antes do tempo, trazendo com ela um exército de trovões. O vento era tanto que a figueira do jardim do prédio parecia prestes a levantar voo. O mar ficou agitado, turbulento, como nos dias de ressaca.

— Olívia, então é verdade: tia Hildegard é uma bruxa. O feitiço mandou o sol embora. Agora fiquei com medo, de verdade. Quero voltar para a ilha. Vou ligar para o papai.

A luz acabou no bairro todo. O tempo foi passando, os relâmpagos aumentando e nada da tia Hildegard voltar. Só conseguimos saber que já era noite quando vimos da janela da sala a Pandora sair com a caixa debaixo do braço para trabalhar. Ela olhou para cima esperando algum pingo cair do céu. Nessa hora, o vento passou com mais força e fez um nó enorme no cabelo da moça. Nada; apesar da ventania, não havia chuva. Foi a primeira vez que a Pandora falou com a gente:

— Com um tempo estranho desses, não dá para arriscar, né? Melhor eu voltar e pegar o guarda-chuva.

Que engraçado, até a voz dela era igualzinha à da Aurora. Se a gente não visse pela cortina da sala a silhueta da irmã, jurava que as gêmeas eram uma só.

Pandora deu meia-volta, deixando sua caixa mágica na mureta do prédio. "Bom, ela vai pegar a caixa antes de sair", pensei. E então a Pandora reapareceu, saiu correndo com o guarda-chuva e se esqueceu da caixa.

Pensei em descer para resgatá-la, mas o tenente foi mais rápido do que eu. Sem nenhuma preocupação em ser surpreendido, o Ogro abriu a caixa. Por sorte, nós também vimos o que havia dentro: nada! Não contente em vê-la vazia, ainda a sacudiu e virou-a de cabeça para baixo, à procura de um fundo falso. O tenente olhou para cima, com a mesma cara de idiota de sempre, mas não nos viu. Ele colocou a caixa de volta no lugar e subiu, bufando de raiva, para o apartamento. No instante seguinte, a Pandora reapareceu para pegar a caixa, suando de nervoso e com a maquiagem preta dos olhos borrada.

Eram dez horas. Nada de a luz voltar. Nada de a tia Hildegard voltar. Dona Angústia também parecia não estar no apartamento. Não havia o cantarolar dela, nem sinal de luz de velas.

Nunca pensei que, um dia, ficaria preocupada com a nossa tia. O clima estava tão pesado, tão estranho... Onde ela estava? O que mais faltava acontecer?

O movimento na rua tinha diminuído bastante e a ventania aproveitou para voltar mais forte. Dessa vez, aí sim, trazendo a chuva. Uma tempestade. Fechamos todas as janelas da casa e, no escuro mesmo, fomos para o quarto tentar dormir.

Acordamos de madrugada com um estrondo. Um barulho horrível. Era como se o chão estivesse se abrindo, o céu desabando, o prédio caindo.

Levantamos da cama e o prédio ainda tremia, a impressão era de que o BIZARRO estava mais torto do que o normal. Ouvimos um barulho de azulejo quebrando. O banheiro do corredor tinha uma rachadura que ia do chão ao teto. Alguns azulejos se soltaram e espatifaram no piso.

Corremos para o quarto da tia Hildegard, mas nem sinal dela. O avental que deixamos na cozinha havia desaparecido.

— O que você fez com o avental, Benjamim?

— Nada. Eu coloquei na cadeira do jeito que ela deixou. Olívia... o que é aquilo no vidro?

— Não sei. Parece... Aaaahhh... não pode ser! É um polvo! — Um polvo tinha grudado as ventosas dos seus tentáculos para se agarrar ao vitrô do lado de fora da cozinha.

Corremos de novo até a sala para abrirmos as janelas. Havia uma piscina de água salgada nos nossos pés! Quando olhamos para a praia, foi difícil acreditar no que estava diante da gente.

— Olívia! A gente evocou uma chuva de bichos igual à do jornal. Aí fora deve estar cheio de peixes, sapos, polvos e... tubarões!

E O CONVÉS VEIO PARAR NA MINHA JANELA

A realidade era muito pior do que o sonho com a desconhecida e a velhinha da casa de doces.

O cheiro de maresia tinha invadido o apartamento. A gente não conseguia entender se o prédio havia sido arrastado para o mar ou se o navio tinha encalhado na areia. O "Recreio" estava a poucos metros da nossa janela! A música da La Mocoronga ainda tocava, desafinada, depois de o toca-fitas ter sido atingido por uma onda e ficado submerso por alguns segundos. O mais assustador foi ver vários corpos, mais sem vida do que se estivessem mortos, jogados e dependurados no convés do navio.

— Aaaahhh... — E imediatamente afastei o Benjamim, que logo me tranquilizou mostrando o braço cheio de pulseiras da Carmem Miranda, a jaqueta do James Dean e a orelha, a que nunca foi cortada, do Van Gogh.

— Calma, são só os bonecos!

Por sorte, ninguém, além das pessoas de cera, havia ficado ferido.

O dia estava amanhecendo quando o som das sirenes das ambulâncias se misturou ao canto das cigarras. Uma nuvem de cigarras surgiu de sabe-se lá onde e estacionou na árvore de flores negras. Era ensurdecedor! Tão barulhento que nem ouvimos a porta da sala abrindo.

— O que vocês fazem acordados a essa hora?

— Tia Hildegard, onde a senhora estava? — Ela estava descabelada, com o avental mais sujo de vermelho do que o normal. Parecia até que ela, sem querer, havia trocado de avental com o Dirceu Assunto.

— Era só o que me faltava: dar satisfação da minha vida para duas crianças... — E seguiu pelo corredor do apartamento como se nada tivesse acontecido.

— Vou tomar banho. Não atendam a campainha; ouviram? E não ultrapassem essa porta — disse, meio nervosa, apontando para a porta do corredor. — Fiquem sentados aí, imóveis. Ou melhor, já tomaram café da manhã? Comam o pão que tiver aí, porque, pelo jeito, a padaria não vai abrir hoje.

— Olívia... — Benjamim esperou que a porta do corredor fechasse e sussurrou — será que ela desconfia do que fizemos? Que mexemos nas coisas dela?

— Você está querendo dizer que nós provocamos isso? Que todas aquelas coisas que lemos no caderno da tia Hildegard eram parte de algum feitiço?

— Eu não tinha pensado nisso... Olívia, você também é uma bruxa!

E, como se já não bastasse tanta esquisitice, tia Hildegard, que deveria ter entrado no banheiro, pelo som da dobradiça rangendo, entrou no armário do corredor!

Eu realmente comecei a ficar preocupada. Com ela e com a gente. Mas depois me lembrei de que a curiosidade do tenente o fez abrir a caixa de Pandora! Todos os monstros e as coisas esquisitas guardados lá dentro deviam ter escapado e agora rondavam nosso quarteirão.

Falando em tenente, no meio daquela confusão toda de cigarras, sirenes e agora equipes de jornal, começamos a ouvir uma voz de marreco. Era a Dona Marília perguntando — da janela do apartamento debaixo — se a Dona Angústia havia encontrado com o Irineu na rua.

— Não, não, Marília. Ele deve estar no meio dos curiosos aqui no calçadão. Um bom-dia!

— Obrigada, Angústia. Vou procurá-lo. Ei, vocês dois aí em cima! — Dona Marília contorceu o pescoço como uma coruja desconfiada e fez a mesma pergunta. Era tão raro ela dar confiança para a gente.

— Não, Dona Marília. Nas últimas horas vimos outras coisas estranhas, mas não o tenente.

— Obrigada. — Ela torceu o nariz para a negativa. Parecia tão preocupada em perguntar do marido, que nem se deu conta da minha resposta.

Tia Hildegard voltou do armário e se esqueceu de fingir que havia tomado banho. Ela continuava descabelada, meio suada e com a mesma roupa de ontem.

— O que vocês estão fazendo aqui?

— A senhora mandou que a gente não saísse daqui.

— Tomem... — E tirou duas notas amassadas do bolso do avental, cheio de manchas vermelhas bem grossas, que a essa altura estavam secas e ainda mais difíceis de limpar. — Comprem uns gibis e leiam aqui no jardim do prédio, enquanto recolho os azulejos do banheiro e dou um jeito nessa bagunça. Parece que um terremoto passou por aqui.

— Tia Hildegard, quando o navio vai voltar para o mar?

— E eu vou saber, Benjamim? Pergunte para o Sardinha! Que de navios ele entende. Tchau. Só voltem quando eu mandar.

Eu nem poderia imaginar o que aconteceria com a gente se, de repente, desviássemos do caminho da banca e fôssemos parar no meio dos curiosos na areia. Aquele "ambiente era inadequado para duas crianças tão ingênuas como nós", nas palavras da tia Hildegard. Depois de ter certeza de que os feitiços dela funcionavam, melhor mesmo seria não cutucar a bruxa com vara curta.

Entramos no prédio ao mesmo tempo que a Dona Angústia saía para uma visita ao "Recreio":

— Ah, sempre quis conhecê-lo, mas morro de medo dessas catraias. Eu não sei nadar direito, vai saber se essas jangadas aguentam tanto peso. Vamos comigo, meninos! Sua tia não vai se importar, tenho certeza. — Não sei como Dona Angústia confiava tanto na tia Hildegard. — Venham, vamos. Não, não precisa avisá-la, Olívia. Ela está tão ocupada com o polvo gigante que fugiu do Aquário Municipal, com as poças de água do mar e com os azulejos quebrados, que vai até me agradecer. Depois vou levá-los para tomar sorvete!

Incrível como em poucas horas arranjaram uma escada segura para quem quisesse entrar no navio. O dono do "Recreio" não perdeu a oportunidade de cobrar ingressos — e com o dobro do valor — dos curiosos:

— Acesso livre só para a imprensa, *mis amores*. Imaginem que a prefeitura vai começar a cobrar imposto do meu navio porque agora está em terra firme. Malandro é o gato que nasce de bigode, não é garotinha?

Pior é que ninguém ali estava se importando em pagar a mais. Até o lambe-lambe de uma praça no centro da cidade foi contratado pelo dono do Recreio para que os visitantes levassem uma foto de *souvenir* para casa.

Sentimos um cheiro de perfume familiar e eis que a Pandora passa pela nossa frente. Ela estava com a parte de cima do maiô de purpurinas que fazia parte do uniforme de assistente do mágico e com a parte de baixo do macacão da Mocoronga. Naquela hora, a Pandora estava mais parecida com a Aurora do que com ela mesma.

— Bom dia, meninos! Hoje minha vida está de cabeça para baixo. Por favor, avisem a tia Hildegard que amanhã de manhã passo no apartamento para comprar alguns biscoitos. Semana que vem é período de matrícula na escola e quero vender alguns doces para os pais dos alunos... Vocês viram onde eu ando com a cabeça, não é? Ontem à noite saí, esqueci o guarda-chuva, esqueci minha caixa...

Afinal, qual das gêmeas ela era? Seria uma crise de identidade? Então a Pandora-Aurora se deu conta de que tinha dado um tremendo fora, pediu licença e não chegou mais perto da gente.

— Dona Angústia, afinal, qual das irmãs era aquela?

— Deixa para lá, Olívia. Acho que o dia já está mais do que cheio de novidades. Desse jeito, vocês vão entrar em parafuso.

Circulamos por todo o navio. A contorcionista era a mais requisitada como auxiliar de limpeza naqueles cantos impossíveis para qualquer pessoa alcançar. Ela segurava um balde cheio de água salgada, onde colocava os cavalos-marinhos e os peixes que estavam tão perdidos quanto os humanos. Os bonecos de cera espalhados pelo convés viraram atração principal. Era hipnótico vê-los se derretendo ao sol. Quem não saía de perto deles era o Dirceu

Assunto, que chorava, inconsolável, enquanto enxugava as lágrimas no seu avental. As obras de uma vida inteira estavam destruídas. Ele levaria anos e anos para refazer o trabalho.

Em uma determinada hora, o dono do "Recreio" teve um chilique. Ele estava, desesperado, à procura do filho da sereia. Certamente era outra atração que havia fugido. Nesse caso, retornado para o fundo do mar.

Voltamos do passeio e fomos comprar os gibis. As laterais da banca estavam forradas com a notícia mais comentada do momento. O jornal *A Tribuna* estampava a matéria sobre o encalhe do "Recreio".

Navio encalha a cem metros da avenida

CONGESTIONAMENTO

Navio encalha a cem metros da avenida

O navio "Recreio" foi parar na praia, defronte do Aquário Municipal, a menos de cem metros da avenida Bartolomeu de Gusmão, ficando encalhado na areia. As amarras da embarcação soltaram-se e com o forte vento foi levado em direção à areia da praia.

A maré em cheia empurrou o "Recreio" até cerca de 80 metros da calçada, ficando a proa da embarcação apontada para o Canal 6. A popa ainda balançava de um lado para outro, quando vinha onda maior.

O "Recreio" foi transformado em bar e boate, como ponto turístico com permissão para fundear à entrada da Barra. Não tem mais máquinas e seu movimento só pode ser feito por rebocadores. O desgarramento do navio teria sido provocado pela quebra das amarras, devido ao vento do Sul, que o levou à praia.

CONGESTIONAMENTO

Navio encalhado na praia e o fato de ser o "Recreio" atraiu a curiosidade de grande número de pessoas que moram na Ponta da Praia. Por isso, a quantidade de veículos que para lá se dirigiu acabou provocando congestionamento. Diversos casais de namorados, de dentro dos automóveis, observavam o lento movimento do barco em direção à praia e, depois, quando já encalhado, balançava com as ondas.

Alguns tripulantes do "Recreio" chegaram a sair do navio porque onde ele estava já era suficientemente raso para se andar na areia.

"ARGONAUTA"

O barco "Argonauta", que fica fundeado próximo aos barcos de pesca na Ponta da Praia, também teve as amarras livres e acabou encostando-se na mureta do calçadão da avenida Bartolomeu de Gusmão. Arrastou com ele uma baleeira, presa a uma corda, que também se encostou à murada.

Matéria originalmente publicada no jornal *A Tribuna* (Santos, 26 de fevereiro de 1971).

RECREIO
Para fazer uma tempestade num copo d'água, providencie um bolinho de chuva efervescente!
Quem toma conhecimento, fica careca de saber.
Desligue e reserve.

O CRUEL DESTINO DA MAIS ABOMINÁVEL DAS CRIATURAS

O tenente Irineu estava desaparecido havia uma semana. Desde o encalhe do “Recreio”, nunca mais souberam dele.

Dona Marília passava horas e horas choramingando, apoiada no parapeito da janela. Vez em quando ela soluçava e soltava uns “ai, ai, ai...”. Era um choro parecido com o das atrizes das novelas quando estavam com preguiça de atuar.

— Vai ver a represa de lágrimas dela evaporou, Olívia.

— Ô, Marília, não fica assim, não. Logo, logo ele aparece ou manda notícias — gritava a tia Hildegard de dentro do apartamento. A gentileza dela era tão falsa quanto o choro da Dona Marília. Na verdade, ela não conseguia se concentrar com aquela gemedeira toda.

Na mesma hora, ouvimos o portãozinho de ferro do prédio abrindo e a aflição da Dona Angústia:

— Mentira, para cá. Aqui! Você tem que fazer xixi lá fora. Mentira, me obedeça...

O Mentira estava tão agitado que acabou se soltando da coleira. Ele correu para perto da figueira e começou a cavar, desesperadamente. Se o Defuncto visse o estrago no jardim, nossa, ficaria uma fera!

— Mentira, o que é isso que você pegou? Solta, solta! Bom menino. — O Mentira cuspiu o achado no chão. Uma aliança? Puxa, e com o nome de... Marília! Meu Deus.

Dona Marília gritou lá de cima:

— Me chamou, Angústia?

— Você pode dar uma descidinha aqui? Preciso te mostrar uma coisa.

Dona Marília apareceu com uns óculos escuros enormes, feito estrela de cinema que não quer ser reconhecida. Ela segurou a aliança entre os dedos, olhou seu nome escrito no interior do aro... E suspirou.

— Marília, você já deu queixa sobre o desaparecimento do Irineu? Alguma coisa de muito errada aconteceu por aqui.

— A senhora deu queixa do sumiço do Peppe, Dona Angústia? O Irineu sempre me falava... quer dizer, sempre me fala que a senhora, até hoje, não registrou nenhum boletim de ocorrência.

— Uma coisa não tem nada a ver com a outra, Marília. Sabemos que meu filho estava sendo vigiado pela própria polícia. Aliás, perseguido pelo seu marido.

Ai, para quê?! Não demorou muito para começar uma discussão feia entre as duas. Tia Hildegard gritava da janela para a amiga se acalmar. O Mentira rosnava e ameaçava morder a Dona Marília, que, nervosa do jeito que estava, esganiçava ainda mais a voz: não parecia um, mas um bando de marrecos grasnando.

A polícia, que ultimamente andava pelas redondezas por conta do "Recreio", não demorou a aparecer e a interferir.

— Que confusão é essa, minhas distintas senhoras? — perguntou o policial batendo com o cassetete na palma da mão.

Junto com o policial apareceu o carteiro:

— Bom dia! Ô, Dona Marília, alguma notícia do seu Irineu? Já encontraram o homem?

Dona Marília foi, a contragosto, obrigada a explicar que o marido tinha sumido havia uma semana. E ouviu do policial as perguntas que nenhum vizinho ousou fazer:

— A senhora desconfia de algo? Ele tem parentes em outra cidade? Outra esposa, talvez? Notou alguma atitude suspeita antes de ele desaparecer? Dona Marília, a senhora recebeu algum telefonema anônimo, um pedido de resgate...? Qualquer informação é útil nas investigações.

Dona Marília não abriu a boca. Dona Angústia tentou contar sobre o ocorrido, mas só conseguiu falar sobre a descoberta da aliança enterrada. O Mentira não parava de latir e parecia farejar algo de podre no ar, em direção aos fundos do prédio.

— Hum, curioso... — O policial coçou o quepe e avisou que voltaria amanhã bem cedo.

No dia seguinte, um investigador e dois policiais se plantaram nos jardins do BIZARRO. Por sorte, ou por azar da polícia, era o dia do Raimundo Defuncto. A polícia achava que havia algo além da aliança enterrado nos fundos do prédio. Mas o Raimundo Defuncto não permitiu que nenhum policial encostasse nos seus canteiros.

O jardineiro-coveiro, em pessoa, tiraria a terra com imenso cuidado, de onde quer que fosse. Antes de começar a cavar, ele pediu que o lugar fosse totalmente isolado. Durante mais de uma hora ele andou descalço pelo jardim. A cada cinco passos, ele colocava o ouvido na terra, dava uns tapinhas na grama e balbuciava três palavras sinistras: "Você está aí?". Quando ele se pôs a conversar com a grama e espetou um graveto no local da escavação, meu coração disparou. Tia Hildegard percebeu o descompasso cardíaco e mandou a gente ficar longe dali, de costas para a janela, tal qual sua coleção de bonecas que vivia de castigo.

Antes de começar a cavar, Raimundo Defuncto fez mil exigências: uma garrafa d'água extraída de uma geleira do Alasca, café tipo exportação servido em uma xícara branca com friso dourado e um cigarro de palha já aceso por um palito, que deveria ser proveniente de uma caixinha de fósforos, brinde de recepção do hotel mais fino da cidade.

Com tantas regalias e nenhuma recusa em atender aqueles pedidos tão excêntricos quanto quem os fez, o Defuncto enrolou para terminar o serviço. Foi praticamente um dia inteiro para fazer o que ele costumava fazer em quinze minutos.

E lá estava ele! O tenente Irineu estava mesmo enterrado nos fundos do BIZARRO. Ele usava a mesma camiseta vermelha e a mesma bermuda branca do dia-que--virou-noite-mais-cedo em que abriu a caixa de Pandora.

Dona Marília desmaiou. Dona Angústia fez o sinal da cruz. Tia Hildegard sorriu. Aurora grunhiu. O Sardinha cuspiu. O Dirceu Assunto virou as costas e fingiu que não viu.

Sinceramente? Comecei a me culpar por não sentir tristeza diante da morte do tenente. O Benjamim, mais novo do que eu, disse que sentia o mesmo. Ou seja, nada. Aliás, ele disse que sentia certo alívio em saber que o Ogro do BIZARRO não atormentaria mais a Dona Angústia e o Mentira. O prédio todo parecia respirar mais aliviado. O mais esquisito foi que, aos poucos, o BIZARRO começou a desentortar e a voltar ao prumo.

O crime do Edifício BIZARRO estampou as manchetes dos jornais não só da Baixada Santista como do Brasil inteiro durante dias e dias. Tia Hildegard, claro, comprou e recortou todas as matérias. No prédio, apenas o Defuncto dava entrevistas. Os jornalistas imploravam por uma declaração da Dona Marília, mas ela estava reclusa. Só recebia encomendas do açougue. E entregues na porta do apartamento pelo Dirceu Assunto, que lá ficava por uns bons minutos.

Tia Hildegard, então, parecia não se sentir nem um pouco culpada. Aliás, ela andava muito mais tranquila. Arrisco até a dizer que parecia outra pessoa. Comprou uma televisão! Deixava a gente assistir a um pouco de novela entre as seis e as sete e meia da noite. Dava risada e fazia comentários engraçados sobre os figurinos e os cenários. É claro que eu preferia muito mais a nova Hildegard à velha Hildegard rabugenta. Mas algo me dizia que aquele comportamento servia apenas para despistar os sobrinhos-netos enxeridos. Será?

O "Recreio", mesmo encalhado na areia, continuava funcionando a todo vapor. O dono do navio recebeu até proposta para transformar o centro de recreação em um hotel. Mas ele recusou porque nunca foi tão famoso quanto agora.

Estava tudo tranquilo até demais quando, certa manhã, um delegado apareceu no apartamento da Dona Marília para mostrar o laudo da perícia sobre a morte do tenente: ele fora envenenado! E o mais esquisito de tudo: um bilhete, todo amassado e escrito à máquina, fora encontrado espremido na mão fechada do tenente! Na dobra do bilhete estava escrito assim: “Leve este recado para as trevas e entregue a quem estiver na porta”. Dentro, as palavras eram ainda mais arrepiantes: “Para que lado fica o barbeiro? Não quero ser confundido com o dono. Afinal, de barba, bigode e cabelos pretos somos ainda mais parecidos!”.

DESENTORTANDO A TIA HILDEGARD

Cá entre nós, o BIZARRO, de cima a baixo, tinha motivos de sobra para querer ver o tenente bem longe. Arrisco até a dizer que eu e o Benjamim não estávamos livres de desconfiança.

Mas a tia Hildegard ainda ocupava o primeiro lugar na nossa lista de suspeitos. Pelo seu passado — as mortes do Sr. Skaphedeu e da grega permaneciam um mistério —, pelo seu conhecimento em plantas venenosas, pelo seu caderno de feitiços cheio de frases malucas e pelo seu horror ao tenente.

Estávamos condenados a próximas vítimas da tia Hildegard! Como continuar a morar em uma casa com uma pessoa capaz de eliminar os sobrinhos-netos em um passe de mágica?

Em segundo lugar estava a Dona Angústia.

— Dona Angústia, Olívia? Pirou de vez?

— Nas conversas que escutávamos com a porta do quarto entreaberta, Dona Angústia não escondia da tia

Hildegard que o Peppe havia sumido por responsabilidade do Irineu. Que, se não fosse a perseguição do tenente, o filho não viveria acuado.

Em terceiro, o marujo Sardinha. Afinal, o rapaz foi demitido do emprego e ficou com fama de louco por causa do Ogro do BIZARRO. Ele vivia pegando no pé do rapaz de risada de golfinho. Com as mãos mais rápidas do que os olhos dos espectadores, o Sardinha furtava a pérola de um colar, o brilhante de uma gargantilha, a tarraxa de ouro de um brinco... E era obrigado a repassar para o tenente. O que dizer então dos dólares nos cofres dos cruzeiros? Pior é que não adiantaria nada o denunciar para a polícia, porque o tenente era a própria polícia.

Em quarto lugar na lista de suspeitos, as irmãs Aurora e Pandora. Ele sempre perturbou a Pandora, e na frente da Dona Marília. Lembra que uma vez a Aurora se queixou de abrir a porta da cozinha e dar de cara com ele? O homem estava com um copo encostado na porta para ouvir o que se passava no apartamento delas. Em quinto, o Dirceu Assunto. Nem é preciso explicar, não é? Agora ele já pode se casar com a Dona Marília.

— Em sexto, Olívia... Em sexto, a coisa que mora no armário do corredor. Quem garante que a tia Hildegard não mandou a pessoa, ou o monstro que mora lá dentro, dar um chá de sumiço no vizinho?

O Benjamim tinha razão. Estava mais do que na hora de a gente saber o que havia no armário do corredor. Para a nossa sobrevivência!

Dormi decidida a enfrentar a tia Hildegard. Por mais que ela estivesse aparentemente mudada, saber que ela não mantinha uma jaula com criancinhas dentro de casa melhoraria nossa convivência.

Afinal, o que havia no apartamento ao lado? Por que ela se recusava a alugar um espaço tão grande? Justo a ex-rainha da banana que diziam gostar tanto de dinheiro. Sem dúvida que naquele armário estava a chave para o mistério.

Durante a noite, sonhei de novo com a desconhecida de pijamas, que agora me parecia um tanto familiar. Ela me falava o de sempre: "Se eu não fosse você...". Dessa vez, tomei coragem e perguntei: "Você sou eu, mais velha?". Ela sorriu e disse: "O bom de ficar mais velho é compreender o que uma criança jamais vai conseguir entender".

No dia seguinte, tia Hildegard estava tão gentil — serviu até chocolate gelado para a gente no café da manhã — que não tive coragem de contrariá-la. Além do mais, a menina dos meus sonhos avisou. Bem, quem garante que a tia Hildegard não conseguia entrar na nossa cabeça e manipular nossos sonhos?

— Contem para mim: vocês gostariam de comer biscoitos de qual sabor? Quem melhor do que meus sobrinhos para ajudar nos doces que a Aurora vai vender na escola? Olívia, você está crescendo tão rápido... Notei que os seus pijamas estão curtinhos. Mais tarde vamos tirar suas medidas para eu costurar um pijama bem fresquinho para você.

O encalhe do "Recreio" havia desentortado o BIZARRO e afetado o comportamento da tia Hildegard. Por mais que ela adivinhasse alguma coisa e tentasse despistar, ainda precisávamos saber o que se escondia naquele armário. Mas como conseguir a chave para a passagem secreta? Poderíamos pedir para o Sardinha arrombar a porta... Não, nem pensar. Rezar para a tia Hildegard esquecer de novo o avental pendurado na cadeira também não era boa ideia. A não ser que... A não ser que ela tivesse uma cópia da chave do armário escondida em algum lugar daquele apartamento.

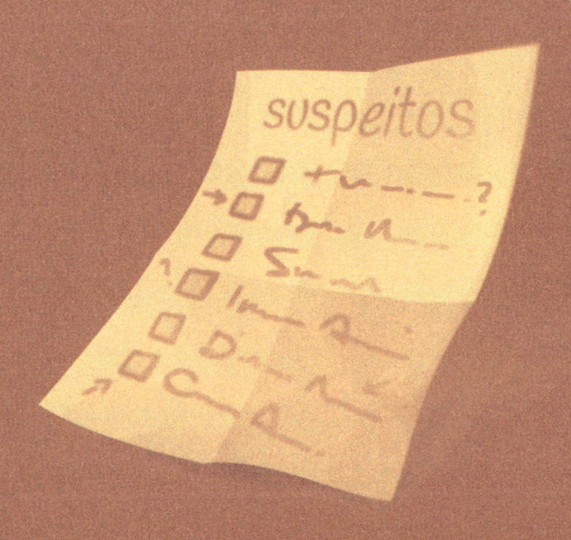
suspeitos

ABRACADABRA!
DA CARTOLA,
ELE TIROU
A CHAVE MÁGICA

Dias depois, tia Hildegard e Dona Angústia resolveram fazer o que nunca fizeram: sair para se divertir. Foram ao navio "Recreio" jantar e assistir ao show do imitador da Carmem Miranda. Quando os curiosos desembarcavam no Desassossego, meu pai logo dizia: "A oportunidade faz o ladrão". Pois o plano de invadir o apartamento ao lado estava traçado: tia Hildegard deixaria a gente assistindo à televisão. Na certa, ela ia querer um resumo nada resumido do capítulo das novelas. Benjamim ficaria na sala, sem piscar, vendo TV. Enquanto isso, eu entraria no quarto da tia Hildegard para procurar uma chave.

E assim o fiz. Entrei no quarto de luz apagada, porque, lá do "Recreio", do ponto onde a tia Hildegard estivesse, poderia notar que alguém havia acendido a luz. Mesmo se um filhote de vaga-lume entrasse por uma fresta da janela e sobrevoasse seu quarto, tia Hildegard perceberia. Mexi debaixo do travesseiro, revirei debaixo do colchão... Passei a mão atrás dos livros, dentro dos sapatos, dos chapéus das bonecas... Estava torcendo para encontrar rápido a chave e não ter que encostar nele. No boneco de ventríloquo. Ele poderia me atacar, me matar e depois se sentar em cima de mim, dando gargalhadas. Eu imaginava a cena e ouvia a risada do marujo Sardinha.

O boneco era molenga e despencava toda hora na poltrona. A boca dele abria e fechava como quem quer puxar conversa, mas ainda está à procura de um assunto. Fiquei arrepiada só de pensar em escutar outra voz sem ser a do Benjamim. Mexi no bolso direito do paletó, apalpei o bolso esquerdo. Encontrei até mais do que eu gostaria: não só uma, mas um molho de chaves! De todos os tamanhos, novas ou querendo enferrujar, de fechaduras externas e internas. Peguei o molho e fui para o nosso quarto. Identifiquei quatro chaves gorja com plaquinhas escritas: "corredor". Fui correndo para a cozinha, abri a geladeira e lá estavam eles: os bonecos de biscoito ainda crus, repousando no fresquinho da geladeira.

Há uns dias, eu e o Benjamim assistimos a um filme em que o espião tirava o molde de uma chave em um chiclete mascado. Por que não? Os biscoitos foram feitos para nós, segundo a própria tia Hildegard. E se ela perguntasse por eles?: "Não resistimos, queríamos tanto experimentar... Estavam gostosos, mesmo sem assar!". Apertei bem as chaves na massa do biscoito e pronto.

O formato ficou perfeito: dava para ver os dentes das chaves direitinho. Guardei as massas bem embrulhadas no papel alumínio, coloquei dentro da minha lancheira, limpei as chaves, coloquei o molho de volta no bolso do boneco e saí.

A parte mais ousada do plano não foi nem entrar no quarto da tia Hildegard. Seria sair do prédio, ir ao boteco onde o Sardinha costumava beber cerveja e pedir para ele fazer as cópias das chaves com urgência.

Cheguei na porta do boteco e, sem nenhuma surpresa, dei de cara com ele:

— Boa noite, senhor Sardinha. Preciso que o senhor faça as cópias de umas chaves para mim.

— Agora não vai dar mocinha, é meu horário de descanso.

— Eu sei... É que é urgente. Olha, eu posso pagar: estou com o dinheiro. — Mostrei um macinho de Cruzeiros (eu gastava muito pouco da mesada que meu pai mandava) e abri uma das embalagens de alumínio. — São quatro cópias desse tipo de chave.

Hum, deixa ver... — O marujo, se achando muito astuto, nem olhou para a chave. Ficou atento apenas ao tanto de dobrinhas que as cédulas de dinheiro tinham. Seus olhos de lagartixa brilhavam como se tivessem visto uma mariposa batendo em uma lâmpada.

— Bom, se é assim... É que, além de estar fora do expediente, esse tipo de cópia, assim, sem a chave, sabe?

Na... clandestinidade...? É beeem mais caro. Mas, já que é urgente, né? Vou quebrar esse galho para você.

— Olha, mas eu não posso esperar muito e não posso ir aonde você guarda suas ferramentas. Vou deixar os moldes aqui com você e combinamos em um lugar lá no prédio. No xaxim da samambaia, aquela pendurada logo na entrada do saguão. Só me deixa as chaves, tá? Não quero os moldes de volta.

— Ei, essa história não está me cheirando bem. Sua tia sabe que você está aqui?

— Não. E nem pode saber.

— Ai, ai, ai... Quanto mais eu rezo, mais assombração me aparece. Finja que nem me conhece, garota. Não quero mais confusão para o meu lado, ok? Me dá o dinheiro e espera noventa segundos. Pode começar a contar... Mas conta devagar, assim ó: um jacaré, dois jacarés, três jacarés... Entendeu?

Não entendi aonde ele queria chegar, mas achei melhor não contrariar:

— Um jacaré, dois jacarés...

Enquanto isso, ele tomou a cerveja que o garçom acabara de trazer em um gole só, até a metade do copo. Quando chegou no "trinta", ele pegou os moldes, colocou dentro da cartola — que a essa altura estava em cima da mesa amarela de metal — chacoalhou e esperou.

— ... oitenta e nove jacarés, noventa jacarés.

— Pronto, pode pegar. — Estendendo a cartola. Não me agradava nem um pouco colocar a mão dentro daquele chapéu suado. Fazer o quê? Era por uma boa causa.

— Uau! — Fiquei espantada e sorri. O marujo nem moveu as sobrancelhas. Havia quatro chaves gorja e os moldes tinham desaparecido. — Obrigada, senhor Sardinha!

— Ô, garota! — ele me chamou, enquanto mexia no bolso de fora da mochila. — E o que que eu faço com esses moldes?

— Coloca no forno, assa por vinte minutos e come. — Saí correndo, olhando para os lados com medo de ser interceptada pela tia Hildegard no meio da rua. Cheguei no apartamento suando frio.

— E aí, Benjamim?

— Nossa, Olívia, você tomou chuva?

— Não! É suor de nervoso. Alguém ligou, tocou a campainha, alguma coisa aconteceu?

— Nada. Nunca ouvi tanto silêncio. E aí, como foi com o golfinho?

Trim. Trim.

— O telefone! Eu atendo. Tem certeza de que não tocou antes?

— Absoluta. A gente deu sorte.

— Oi, Olívia, sou eu, Hildegard. Estou aqui na cabine do telefone público do "Recreio". Estou ligando para saber se está tudo bem por aí...

— Está tudo bem, tia Hildegard. Estamos vendo televisão e daqui a pouco vamos dormir.

— Está certo. Boa noite, querida. Não se esqueçam de não fechar o trinco da porta da sala, senão não consigo entrar. Vamos jantar daqui a pouco e depois vamos participar de um bingo. Ainda demoro.

— Não se preocupe, está tudo bem, tia. Divirta-se com a Dona Angústia. Boa noite.

— Boa noite!

Desliguei e pensei alto:

— É agora!

— Vou com você, Olívia. Para te proteger.

Acho que nem nos tempos do Desassossego eu senti tanto pavor. Que medo de encontrar alguma coisa mais estranha do que o Ogro do BIZARRO ou do que o boneco de ventríloquo. Estava com uma sensação parecida com a do meu sonho. Será que eu ia dar de cara com a desconhecida vestindo meu pijama? Talvez eu precisasse fugir e meus pés estariam colados no chão. Será que alguém no prédio conseguiria ouvir a gente?

— Vai, abre você, Benjamim.

— Eu não. Abre você! A ideia foi sua.

— Ai, será? A tia Hildegard, no fundo, não é tão má... Você viu? Ela até ligou para cá, preocupada com a gente...

— Olívia, você mesma disse que ela é uma bruxa. Lembra do caderno de receitas? Do vendaval, da ressaca?

Do navio que veio parar na areia? E de tudo o que acontecia com o tenente quando ele brigava com a tia Hildegard?

— É, você está certo. Já que chegamos até aqui...

Testei uma. Testei outra. A terceira cópia encaixou na fechadura. Virei para a esquerda e o trinco se mexeu. Mais uma volta e a porta abriu. A dobradiça rangeu e o armário estava vazio. Havia apenas um fundo de madeira.

— Não tem nada! Pronto, pode fechar, Olívia. Viu? Que desconfiança boba. Vai ver que, assim como você sonha com a casa de doces, também sonha que a tia Hildegard entra nesse armário.

— Quieto, Benjamim! Concentre-se. Lembra do espião no filme? Isso aqui deve ser um fundo falso.

Dito e feito: assim que eu coloquei a mão na madeira no fundo do armário, ela se mexeu. Foi só correr com a placa de madeira para a direita para entrarmos no armário do apartamento vizinho.

— Está escutando, Benjamim? — Não sei se eu sussurrava para ninguém me ouvir ou porque minha voz não saía. — É o barulho de uma televisão. Tem alguém aí! Vai lá ver quem é.

— Vai você. Fica aí que eu vou voltar. Tchau.

— Não — gritei agarrando a camiseta dele. — Vamos juntos. Vem.

A porta do armário do corredor do lado de lá estava toda forrada de espuma. Ainda bem que não fora trancada com a chave. Abrimos o armário, bem devagar. A dobradiça nem rangeu. Havia luz de televisão na sala. Ninguém nunca conseguiu ver nada desse apartamento, porque os vidros das janelas estavam sempre cobertos por jornais.

Nossa, aquele apartamento era um forno. Mais quente do que debaixo do sol no dia mais quente de verão! A gente também escutava o barulho de um ventilador ligado. Vimos o mesmo forro de espuma em todas as paredes do apartamento. Fomos até a sala de onde vinha o som da TV e... não acreditamos no que estava diante da gente.

NO FUNDO FALSO DO ARMÁRIO

— O que vocês estão fazendo aqui?

Só podia ser ele! Um pouco mais gordinho e pálido, sentado em frente à televisão, segurando um cachimbo em uma mão e um isqueiro em outra. Nós o conhecíamos bem, de ouvir falar e dos porta-retratos da casa da Dona Angústia.

— Peppe? Sua mãe sabe que você está aqui? Tia Hildegard sabe que você mora no apartamento dela?

— Hum, Olívia e Benjamim! Minha mãe e a Dona Hildegard sempre falam de vocês. De vez em quando eu os vejo, daqui de cima, saindo com elas. E quanto a vocês: sua tia sabe que estão aqui?

— Não, nem desconfia. E, se souber, mata a gente.

— E depois faz picadinho! — completou o Benjamim.

— Ah, que é isso? Não é para tanto. Dona Hildegard é a criatura mais doce, depois da minha mãe, claro, que eu já conheci. Se não fosse a ajuda dela, eu estaria preso ou comendo capim pela raiz. O tenente e seus amiguinhos de quartel não gostam de ouvir nem de ler a verdade.

Naquela época, a gente não fazia ideia de nada; só foi começar a entender com o passar dos anos. O mundo girava em torno do Desassossego, da escola e do quarteirão do BIZARRO. Na televisão e nos recortes de jornal da tia Hildegard, a gente via que estava tudo bem.

— Escutem, sei que as duas foram ao "Recreio", acho melhor vocês voltarem para o apartamento rápido. Vocês jantaram? Querem um pouco de sopa? Ainda sobraram dois pedaços de carne. Está tão quente que não consegui comer tudo.

— Então é para você que a tia Hildegard guarda comida? Puxa... Teria sido melhor saber disso antes. Acho que a julgamos muito mal...

— Ainda dá tempo de consertar, Olívia...

— Peppe! Foi você que matou o tenente?

— Benjamim! Isso é pergunta que se faça?

— Não. Não! — E nessa hora o Peppe deu uma risada tão alta que precisou até tapar a boca. — Imagina. Acho que existem muitas outras pessoas que gostariam de ver aquela criatura longe. Não conheço ninguém que gostasse dele. Nem a própria esposa.

— A gente desconfia da tia Hildegard...

— Vocês não deviam nem pensar nisso, sabiam? Se alguma vez ela se comportou de forma estranha...

— Muitas vezes! — interrompi.

— Se alguma vez ela se comportou assim, foi para nos proteger. E para mantê-los longe dessa história. Entenderam? O Irineu seria bem capaz de transformar a vida de duas crianças em um inferno.

— Mas ela guarda tantos segredos naquele avental. Fórmulas mágicas, coisa de bruxa. A Olívia leu o que estava escrito no caderno da tia Hildegard e, no mesmo dia, o navio encalhou na areia, Peppe!

— Meninos, por favor, me escutem: deixem de bobagem. O navio se soltou das amarras porque a ventania foi muito forte. Havia previsão de ressaca. Não existe essa coisa de feitiço. Voltem para o apartamento. Amanhã nós três conversamos com a Dona Hildegard. Eu prometo para vocês que ela não ficará brava. Dou minha palavra! Venham, vou com vocês até o corredor. Não é todo dia que recebo visitas tão ilustres. Todas as casas deveriam ter uma passagem secreta que levasse a um lugar legal, não acham? Tchau, meninos. Boa noite!

Eu não parava de pensar no absurdo que seria concordar em como aquela história fazia sentido. O Ogro jamais desconfiaria que sua presa estaria ali, escondida, tão perto. E no lugar menos óbvio de todos: na toca de uma velhinha rabugenta. Que nem ao menos os sobrinhos-netos ela aturava! Senti uma sensação de alívio, misturada com uma sensação de culpa. Fomos para o quarto dormir. Quem disse que eu e o Benjamim conseguíamos pegar no sono? Poucos minutos depois, tia Hildegard chegou. Foi ao banheiro e... entrou no armário do corredor!

— Olívia, ela vai descobrir tudo e nos matar! Tranca a porta do quarto! A gente faz uma corda com os lençóis e foge pela janela.

— Calma, Benjamim. O Peppe parece ser um cara bacana. Ele falou que só vai conversar com ela amanhã. Vamos tentar dormir.

— Quem você acha que matou o tenente, Olívia?

— A Pandora, talvez. O tenente morreu... de curiosidade! — E, sem saber como, adormeci.

— Eu tentei avisar tantas vezes que você se arrependeria, Olívia...

— Estou até com vergonha de tão arrependida. Quem é você, afinal? Eu queria me desculpar por todas essas noites de mal-entendidos.

— Oras, não está me reconhecendo? Você sabe quem eu sou. Você sabe muito bem!

— Eu só queria uma confirmação... Bem, se eu cresci é porque a tia Hildegard não vai nos matar.

— É o que eu sempre tento lhe dizer e você não quer enxergar, Olívia. Tia Hildegard é uma boa pessoa.

Um pouco excêntrica e meio atrapalhada para cuidar de crianças, mas uma boa pessoa. Pare de fantasiar tanto. Aqui não é a Ilha do Desassossego. Vocês têm a escola, vocês têm amigos. Um dia, você será escritora de livros infantis. Sim, sei bem que você está se perguntando "escritora, eu?". Então, não precisa fazer da sua vida real um conto de fadas, certo? Se você parar de sonhar acordada, conseguirá aproveitar muito mais o que está à sua frente. Ficção, só no papel. Estamos combinadas? Preste atenção ao seu redor. A gente se despede por aqui.

Acordei assustada. Era cedo, mas a tia Hildegard já estava acordada. Ouvimos o barulho das xícaras e o cheiro dos biscoitos no forno.

Tia Hildegard esperava a gente na mesa do café da manhã. Mas o que esperava pela gente?

A CONFISSÃO

O café da manhã já estava na mesa, como todos os dias. Apenas naquela manhã reparei que a mesa nunca deixou de ser posta com capricho. Havia guardanapos estampados para a gente. Eles sempre estiveram lá. Os da tia Hildegard eram brancos, comuns. Os nossos, não.

Tia Hildegard estava com um sorriso no rosto. Como todas as manhãs. Mas eu só consegui notar depois de ouvir a não mais desconhecida do meu sonho. Tia Hildegard quis me abraçar, como todas as manhãs. Mas, dessa vez, eu não fugi. E foi um abraço bom, que, desde que a nossa avó morreu, eu só recebia da Dona Angústia. Ela também abraçou o Benjamim, que depois sorriu para mim. Como quem diz: "Viu? O Peppe conseguiu convencê-la!". Acho que não, ela estava igual. Nós é que estávamos diferentes.

— Bom dia, crianças. Fiquei sabendo que ontem vocês tiveram uma noite bastante agitada.

Gelei. O Benjamim ficou vermelho de vergonha. Nós dois emudecemos ao mesmo tempo. Eu não sabia o que dizer, nem o que pensar.

— De certa forma fico aliviada: o Peppe não precisa mais se esconder de vocês. Ele agora pode voltar a frequentar esse apartamento sem que os vizinhos desconfiem de nada. Claro, se ele usar a passagem do corredor. Se bem que ainda precisamos ter cautela. Os tempos são difíceis. Muito difíceis. Por outro lado, sabem, fico chateada por não ter conseguido ser a tia, ou melhor, ser a substituta da vó Yolanda que vocês esperavam ter. Nunca convivi com crianças. Não sei como agir com vocês.

Achei que eu deveria dizer alguma coisa, coisa que nunca pensei em dizer:

— Tia Hildegard, não se preocupe. A senhora é excelente. Nós é que não sabíamos como agir. Eu e o Benjamim sentimos falta da nossa mãe que nunca mais deu notícias, sentimos falta do nosso pai e da nossa avó que sabemos que nunca mais vai voltar... Desculpe pelo que dissemos ao Peppe.

— Não têm o que se desculpar. Os desentendimentos servem para a gente conversar, aprender a respeitar as diferenças e, assim, viver em harmonia.

A conversa estava muito boa, quando de repente fomos interrompidos por uma gritaria. Vinha lá de baixo, do apartamento vinte e dois. Era a Dona Marília jogando as roupas do tenente pela janela, soltando palavras tão cabeludas quanto a nuca do marido.

— Marília, o que aconteceu? — Dona Angústia colocou a cabeça para fora da janela.

— Ah, aquele homem agora deve estar preparando um churrasco nas brasas do Inferno! Ele não tinha outra mulher, Angústia! Ele tinha outra esposa e filhos gêmeos! Acabei de receber um telefonema do advogado dela: querem que eu desocupe o apartamento!

— Como assim? Calma! Pode ser um trote.

— Não, não é trote coisa nenhuma. Eu recebi pelo correio isso aqui, olha. — Dona Marília mostrou uma foto da família do tenente, daquelas de propaganda de margarina. Não era foto posada. Parecia flagra de revista de fofoca.

— Sinto muito, Marília. Nem sei o que dizer.

— Pois eu sei. Quando meus perfumes começaram a sumir, descobri que ele dava todos os fracos, pela metade!, para outra mulher. O dinheiro que eu guardei a vida inteira na poupança evaporou. Irineu teve o fim que mereceu. Foi envenenado aos poucos. Mal sabia ele que, quando eu tingia seu cabelo seboso, injetava na tinta preta-asa-de-morcego pequenas doses de veneno. Aquele preto não é uma cor nada natural. Sabe como eu o conheci, Angústia? Em uma missa de sétimo dia! Todos os finais de semana ele se sentava na última fileira de bancos da igreja para descobrir alguma viúva rica. Ele conheceu pelo menos umas três viúvas assim, quase centenárias. Mas elas partiam para encontrar com os maridos, meses depois. E nunca deu tempo de assinarem nenhum testamento em nome dele. Então, o Irineu resolveu mudar o foco e atacar viúvas mais jovens. No dia da missa do meu tio, eu saía da igreja quando o Irineu me viu e achou ter encontrado uma milionária. Tudo porque eu usava um colar de pérolas que fazia parte de uma fantasia de Carnaval, imagine. Era o único colar que eu tinha. Achei tão engraçado por ele acreditar que eu nadava em dinheiro... Casamos em um mês, um mês! Mas a única coisa que eu tinha, de verdade, além do colar de plástico, era um cofrinho com moedas de menor valor.

Se a Dona Angústia já não sabia o que dizer quando a conversa começou, agora então... Ela só conseguia pensar no Peppe: com a confissão da Dona Marília, seria um peso a menos para ele carregar. Era óbvio que, se fosse pego, seria preso como assassino do tenente.

— Estou me mandando dessa cidade com o Dirceu Assunto. Foi ele quem me ajudou a abrir os olhos, mostrando como eu era e estava enganada. Foi ele também quem me ajudou a enterrá-lo! Olha, não conta para ninguém; se alguém souber, terei certeza de que foi você, Angústia! Serei atendente de açougue em Campos do Jordão. Que é bem mais fresco do que esse calor pavoroso. Lá, ficarei mais perto da minha filha que estuda em Taubaté. O Dirceu já

colocou a placa lá na frente, está vendo?: "Passo o ponto". Vamos alugar uma casa com edícula no meio da floresta para os bonecos de cera terem onde morar. Tenho certeza de que, com o friozinho da serra, eles não vão derreter. Serão felizes, longe do escuro e da prisão da câmara fria do açougue, como nós.

Aquela foi a primeira vez que ouvi uma pessoa discursando de uma janela. Poderia jurar que, a qualquer momento, ela sairia voando do segundo andar com sua vassoura.

E nós que culpamos a Pandora pela morte do tenente... Mais um equívoco para a nossa lista de enganos.

QUEM TEM MEDO DA LA MOCORONGA?

Depois de alguns anos, soubemos que Pandora e Aurora não existiam. Não como irmãs gêmeas. As duas eram uma só: Pandaurora.

Aurora era professora, das mais respeitadas, do ensino fundamental. Dava aulas para os primeiros e segundos anos. Ela não queria imaginar o que os pais dos alunos e a diretora da escola fariam se descobrissem que ela e a La Mocoronga — a atração mais concorrida do navio "Recreio" — eram a mesma criatura. A La Mocoronga era o pesadelo de todas as crianças que ouviam falar de uma mulher de biquíni presa em uma jaula, que, depois de muito irritada, transformava-se no *King Kong*. Já pensou se ela resolve virar gorila durante o recreio?

Certa vez, as atrações do "Recreio" fizeram um desfile na avenida da praia. A La Mocoronga, versão gorila, estava no primeiro caminhão disfarçado de carro alegórico. Ela carregava um cacho de bananas e, entre urros e pulos, comia as frutas e depois jogava as cascas das bananas nas crianças que a observavam na rua — petrificadas, como se tivessem recebido um olhar fulminante da Medusa. De propósito, ela fazia questão de mirar e acertar os alunos mais endiabrados. Agora, para os pais mais chatos dos alunos... ela tinha um estoque de bananas podres reservado. Se eles soubessem que aquela era a professora... puxa. Comprariam uma passagem aérea para ela, só de ida, com destino à Montanha dos Gorilas.

Como assistente de mágico, ela era meio atrapalhada. No final das apresentações, os visitantes acabavam descobrindo todos os truques debaixo da manga e dentro da cartola. O mágico — que era também o dono do navio e hipnólogo — nem se importava, já que a assistente confusa era a diversão do número de mágica. Dentro da caixa que a gente achava ser uma caixa de monstruosidades onde todos os males do mundo estavam concentrados, ela guardava gorjetas! Apenas gorjetas.

A Aurora, que dizia não se dar bem com a irmã — uma das explicações dadas para quando perguntavam por que as duas nunca saíam juntas — tinha cem por cento de credibilidade em todo o comércio da região. Era conhecida e reconhecida como a professora mais atenciosa e paciente da escola. Para completar, ela vendia biscoitos para "ajudar uma velhinha do seu prédio". Que mentira, ela pegava mais da metade do dinheiro dos biscoitos para ela.

E, afinal, quem vivia no mesmo apartamento do que ela, atrás da cortina da sala? Ninguém! Um manequim de loja era acionado por um mecanismo, programado para movimentar a cabeça e os braços, em intervalos de vinte e cinco em vinte e cinco minutos.

A FUGA. E O RETORNO

O Peppe agora circulava entre o apartamento da tia Hildegard e o esconderijo onde ele morava, do outro lado do armário. Tia Hildegard recebia Dona Angústia quase todas as noites para o lanche. Só tomávamos sopa nos dias mais quentes. Ainda bem. Então as duas lavavam a louça, assistiam ao noticiário e à novela e, durante os comerciais, comentavam sobre a vida dos artistas — nunca imaginei que a tia Hildegard se interessasse por isso. Ela ficava hipnotizada assistindo a *Irmãos Coragem*. Tinha até seu galã favorito: Tarcísio Meira! "Um pão, não Guta? Ah, se eu fosse cinquenta anos mais jovem..."

As "crianças" — assim éramos chamados, inclusive o Peppe, que deixara de ser criança faz tempo — ficavam na mesa de jantar da sala jogando buraco ou qualquer jogo de perguntas e respostas. Tomávamos sorvete ou comíamos jujubas até depois das dez da noite. Não nas semanas de aulas, claro.

Mas a alegria de ter um parceiro para os jogos de baralho durou pouco. Com o Peppe, aprendemos um pouco sobre o que acontecia fora do BIZARRO. Eram tempos mais difíceis do que imaginávamos, ele poderia ser descoberto e ser preso. Preso porque, como jornalista, não podia contar a verdade do que acontecia. As notícias eram encobertas para dar a impressão de que o nosso país caminhava às mil maravilhas. A palavra que a gente mais ouvia era "ditadura".

Certo dia, ele recebeu o recado de que tia Hildegard e Dona Angústia também estavam sendo investigadas e poderiam ser presas. O Peppe estava mais branco do que o normal de tão assustado: ele temia pela segurança de todos nós.

— Por que iriam me prender, Peppe?

— Podem alegar que a senhora é dona do "aparelho"!

— Ah, Peppe, deixe de exageros...

"Aparelho" era como os militares chamavam os lugares onde funcionavam as reuniões das pessoas que lutavam contra a ditadura. Ninguém era poupado: crianças, adultos, velhinhas...

Benjamim, que havia se livrado de boa parte dos seus monstros — ele já não temia mais o monstro do Desassossego, o Ogro do BIZARRO nem a tia Hildegard, de quem agora ele gostava — tinha arranjado um novo

Bicho Papão. Não podia ver alguém fardado na rua que entrava em pânico achando que seria levado para a cadeia!

O Peppe começou a ficar realmente preocupado e decidiu fugir do país. Ele tinha uma prima de segundo grau que morava no norte da França e vivia convidando-o para lá.

Então, descobrimos, finalmente, a última peça solta do quebra-cabeças: as mensagens cifradas dos biscoitos da sorte e os anúncios dos classificados eram recados cifrados para os amigos do Peppe. Mesmo escondido, ele continuava a se corresponder com eles. E graças à tia Hildegard! De bruxa, ela passou à espiã. Com um disfarce acima de qualquer suspeita.

CHEGA DE DESASSOSSEGO

Incrível como em uma semana tantas coisas aconteceram: o Peppe fugiu para a França com um passaporte falso, a Pandaurora largou a escola e jogou a fantasia da Mocoronga no mar — em poucos minutos, a roupa foi devorada por um tubarão; o açougue do Dirceu Assunto foi comprado pelo Raimundo Defuncto, que o transformou em floricultura depois de ele pedir demissão do cemitério; e a tia Hildegard colocou o apartamento ao lado para alugar.

Meu pai, depois de anos morando no Farol, decidiu que já era hora de pisar em terra firme. Ele não aguentava mais tanto desassossego. Dona Meiribel ficou sabendo da vaga de professora antes ocupada pela Pandaurora e se interessou em voltar a dar aulas em uma escola. Tia Hildegard, então, desistiu de alugar o apartamento. E ofereceu para que os dois morassem lá. Assim ficaríamos perto dela.

Todas as noites atravessávamos o armário do corredor para tomarmos lanche com ela e assistirmos às novelas.

E assim fomos felizes para um sempre mais curto do que o dos contos de fadas. Depois dessa história, tia

Hildegard viveu mais vinte anos! Dona Angústia morreu um tempinho antes.

Tia Hildegard me ensinou a cozinhar, a gostar de cuidar das plantas e a escrever mensagens cifradas. Ela estava na minha formatura do curso de Letras, na formatura do Benjamim da faculdade de Engenharia, no lançamento do meu primeiro, do meu segundo e do meu terceiro livros. Acompanhou a volta do Peppe, dezesseis anos depois, casado e com dois filhos.

Sorte que eu tive, várias vezes, a oportunidade de dizer para a tia Hildegard que eu e o Benjamim achávamos que ela fosse uma bruxa. Sorte que ela achava divertido e sempre me pedia para escrever um livro sobre isso.

Muitas vezes ainda escuto sua voz rouca: "Olívia, quanto tempo falta para a nossa novela?", "Olívia, não prenda o espirro", "Olívia, veja que história curiosa saiu no jornal", "Olívia, qual era mesmo o nome da cor com que a Marília pintava o cabelo do marido?". Cada personagem que eu invento carrega um pouco dela.

Quando a inspiração não quer aparecer, vou para a cozinha, abro o livrinho de receitas oficial da tia Hildegard e me ponho a preparar alguma sobremesa. Meu doce predileto ainda é o sonho de padaria. Os dos meus filhos são biscoitinhos em forma de gente, com corações de geleia.

Criei coragem para escrever este livro no dia em que eu ganhei do Benjamim um avental de três bolsos, igual ao avental da tia Hildegard.

O Avental
da
Tia Hildegard